大　和

わがふるさとの・・・

中山正善

目次

挿絵・装幀　小松原義則

中山正善

夢物語

以前にも一寸《ちょっと》書いたことがあるのですが、八月猛暑の頃には、よく古いものの整理に手を付け勝ちなものです。何年かの間、捨てておいた未整理の書類や、古い書物を引っぱり出しておりますと、過ぎ去ってしまった時の事々や、父や母の面影《おもかげ》が懐かしく思い出されます。或《ある》いは私だけの経験かもしれませんが、夏と懐古とは何となく関係があるのではないでしょうか。

夏には銷夏《しょうか》の意味からの色々の行事がありますが、冷汗の出るようなお化け物語やお化け大会、さては子供の頃によくやった試胆会《したんかい》の如きものもそうでしょうし、また仏教的行事の盂蘭盆《うらぼん》行事に故人を偲《しの》ぶのも、夏の夜にふさわしい一節でありましょう。古い書きものに接している間にも、何となく故人と語り、自分の過去を振り返り反省する次第となりますと、矢張《やは》り夏の仕事に相応しいものの如く、自《おの》ずと理窟《りくつ》をつけたくなるのです。実際毎年の如く、夏になるとそんな仕事に手をつけたくなり、またつける次第ともなるので、そんな理窟も並べてみたくなったのかも知れません。しかし事実を申しますと、この季節は教務の上からも巡教の一番少ない時期でもありますので、自然、整理整頓《せいとん》というむきになるのでしょう。

× ×

反古《ほご》のような書類綴《つづり》の中から、高等学校時代の記録が出てきました。その一節に、「僕は毎夜のように夢をみる」との書き出しで、「覚えている間に記録すれば、後年になって面白かろうからペンを執《と》る」と結んであるのです。そしてその序文に続いて、幾夜かの夢の内容が書き残されてありました。私はそれを読み返して、昔の私を思い出したのです。そしてこれらの文をものしたことも、その時の気持ちも蘇《よみがえ》ってきたのですが、この記録をみるまでは、何処《どこ》へしまっておいたのか、それこそ夢にも考えませんでした。

× ×

夢はその頃からでもありますが、今日でもたびたびみます。つまらない、問題にもなら

おやさとやかた

ぬ青春の夢も、風俗の夢も、つかれた夢も多いのですが、また夢に教えられる悟りも計画もないではありません。夢のおつげなどとロマンチックに話したくはありませんが、自分の信仰の道を、夢をみて悟ったというような経験もあるのです。そのようなことは別として、うれしい夢やたのしい夢など、眼を覚ますと同時に、いくら思い出そうとしても思い出せず、じれったい気分で、追憶を前夜の夢に向けて落胆したり、ああ夢でよかったと、ほっと胸をなでおろしたりした思い出は、おそらく私一人ではないと思います。

いずれにしても、残念なことに、夢物語執筆の動機なり書き始めた時の思い出は、はっきり持っていましたのに、何時《いつ》のまにか夢の如くに筆は停《とま》ってしまったのです。しかし、今ようやく偶然《ぐうぜん》の動機からその夢であった夢物語が、この土地とまつわらせて実現する運びとなりました。

青春の夢、追憶の夢、うたかたの夢、未来の夢、はたまた古代は吉野の大和路をさまよう夢の浮橋、夢はあくまで多彩であり、神秘的なものです。

おやさとふしん

大和絵

大和地方が、京都や北九州の一部などと共に、最も早く外国文化の洗礼を受けた、ということは、大和の人々であれば、学校の歴史の時間にではなく、すでに子供の時から幾度も聞かされていることでありましょう。それ程私達は一種神々《こうごう》しい程の誇りを郷土愛の中にこめて来たのであります。

〝大和が国の初まり〟と言うような言葉は、戦後の歴史教育の中では、どれ程の史実性を持って使われているのでしょうか。しかし、歴史の上で大和地方の評価がどのように訂正されようと、先の〝大和が国の初まり〟という、教え込まれ、慣れ親しんで来た言葉は、もはや私などでは、郷土に対する愛着心や誇りに似た感情と分かち難く一体となってしま

大　和　三　山

っております。

なだらかな山々に囲まれた我々の郷土は、しかし、もっぱら古代文化の今なお朽《く》ちぬなきがらのうずまるが故に敬意を表され、外来の観光団を呼び集めているのでありましょうか。

高等学校の学生時分のことでした。私は、自分の生まれたこの大和の国を、考古学的な或いは古代文化的な意味でなく、現実に、つまりこの肉眼で再認識し、その美しさを発見したことを覚えております。それより以前は大して興味も覚えなかった代物《しろもの》ですが、大和絵といういんこで捺《お》したような絵を幾度かみたことがあったのですが、或《あ》る日、その大和絵そっくりな瞬時の景色を我が郷土にみたのでした。平坦地は夕げの煙の中にぼやけ、薄く拡がり、背景なる吉野の山々ははっきりとその峰々の線を浮き出しておりました。その大和絵そのままの、のどかで平和な世界を望み見た時、私は、俺の生まれたこの郷土はいいぞ……と思わずも叫んだのでした。

山の辺の道

大和の気象

奈良県地方の気象の複雑さ、その多様性ということについては、案外知っている人が少ないようであります。この地方がなだらかな山々に囲まれた平凡な盆地でありますから、その気象状況などには専門家でさえも特別の関心など払う筈《はず》がなかったというのが実状です。

奈良地方の気象は、吉野川を境として南北に大きく分かれていると言われております。それに北部地帯には相当強力な降下気流があるらしく、潮岬で飛ばした観測気球《ゾンデ》が、しばしば北部のこのあたりに降りてくるという話であります。そればかりでなく、遠く中国やシャムの観測気球が、遥《はる》かに海を渡って日本へ流れきたって、しかもこの地方へ落ちてき

吉　野　川

たこともあることなどを考え合わせますと、この地方には確かに強力なエアポケットがあるように思えます。ひょっとしたら、大和地方こそ世界の臍《へそ》にあたるのかも知れませんし、駄洒落《だじゃれ》を飛ばせば、奈良の大仏さんは、全世界の文化を大気もろ共吸収しなければ、外人観光団のドルだけでは、カロリーが不足して、あの巨大な体軀《たいく》が保《も》たないのかも知れません。

不景気な洒落に落ちてしまいましたが、ところで先の降下気流とは如何《いか》なる気象学的相関があるのか、或いは生駒山がそれにどのような影響を及ぼしているのか、その点は私など素人《しろうと》には分かりませんが、大台《おおだい》ヶ原《がはら》地方の年間雨量というものは、インドのアッサムとか何とか言う地方に次いで、世界第二に位するということであります。こうした降雨状況も、この狭い地域内でしかも場所により千差万別であり、又短い時間の間に激変してしまうのですから面白いのであります。先年、奈良の気象台で友人の台長が、或る時、乾燥注意報を出したその数時間後に、豪雨注意報を出したので、慌《あわ》てた中央気象台から文句が出たことがあります。ところがその日、桜井の町に大火事が起こり、その後で、事実豪雨に見舞われたので、奈良の気象台は面目を保ったということであります。ことほど左様に、同じ奈良県でありながら、奈良市では豪雨があったのに、生駒山の麓《ふもと》ではさっぱり降らな

吉 野 の 山

い、というようなことが多いのであります。奈良国際ゴルフ場は、奈良と生駒山との中間にありますが、雨が少なくて芝生の植え付けに困ったということであります。

こうした奈良地方の特殊な気象状況は、先程も申しましたように、従来はさっぱり専門家の興味を引かなかったらしいのが、最近になって気象調査に熱を傾けるようになったそうで、その調査結果の出るのを楽しみにしております。それにしても、世界第二と言われる程雨量の多い地方であると言うのに、この地方に降る雨量の七割が三重県・和歌山県に流れてしまう為に、奈良県は灌漑《かんがい》の面では余り天然の恩恵を受けていないということです。土質が悪いので、発電所の工事も仲々《なかなか》大変だと聞いています。

大和言葉に棧うつな

大和言葉に棧《さん》うつな、と言う言葉があります。大和地方の方言についてとやかく批評するな、という程の意味でありましょう。

国語の所謂《いわゆる》標準語というのは、東京の山手《やまのて》の中流階級で使われている東京弁であると言われておりますが、もともと東京弁も方言の一つであり、まして此頃《このごろ》では、関西の流暢《りゅうちょう》で柔らかな言いまわしに比較して、そのアクセントの強い荒い調子に対する悪口が盛んに出る程になっているようです。東京弁などは元来が尾張三河の田舎武士の言葉ではないか、というのがそれであります。標準語が最も正しい、美しい言葉だというのは、国語というものを問題にした場合であって、方言が間違っているとか、汚い言葉であるというのは、強制された国語教育の弊害であると申せます。少なくとも方言というものを卑下《ひげ》して考える必要はないのであります。

そういう意味からすれば、〝大和言葉に棧うつな〟という言葉は、文字通り、この地方の方言をあしざまに罵倒するなという意味なのですが、殊《こと》さらに大和言葉とつけるところに特別な主張が考えられるようです。それは多分《たぶん》、大和の言葉が相当ひどい言葉であるという事実と、大和の言葉が古い、言ってみれば、神代からの正統の日本民族の言葉であるという主張の、両方をひっかけた意味があるのだと思われます。例えば、「われ」という代名詞は、国語では「我」であって、第一人称として使われるのが普通ですが、私達の大和地方では、「われ」は「君」「あなた」という第二人称を指す代名詞として使われています。私には、この「われ」を第二人称として使うのが、何か卑俗な田舎地方特有の言いまわしに思われて、厭《いや》な恥ずかしい感じがした時期がありました。ところが高等学校の学生時分でしたが、万葉集を読んでいる時に、典雅な美しい相聞歌《そうもんか》の中で、「われ」という代名詞が、しばしば第二人称としても使われていることを発見しました。その時私は大和の言葉の由緒正しきを、救われたような思いで再認識したことでした。

先年、NHKで、国語の研究の為か何かで、小学生の国語の時間の実況放送がなされた

大和路風景

ことがありましたが、その放送を聞いていた私は、腹を立ててＮＨＫへねじ込んだことがあります。覚えているのは「雨」という単語のアクセントでしたが、国語の先生が、「アメ」というのが正しい発音で、「アメ」と発音するのは間違いで、通じない言葉であるからいけないと言っているのです。それが全国放送であり、しかも飴《あめ》の「アメ」との混同を指摘しないで、そういう教え方をするのですからおかしいのです。関西では雨を「アメ」と発音して結構通じているのですから、標準語と逆になっているとは言えても、それが間違っているとか、通じないとは言えない筈なのです。

言葉というものは伝達の手段であって、意味内容の伝達が出来ればよいのであって、方言だからと言って劣等感を持つ必要は毛頭《もうとう》ありますまい。ですから〝大和言葉に棧うつな〟という言葉は一人大和言葉に限らず、各地方の方言についても言えるわけです。その点、関西弁は、マスコミの影響によるのか、最近相当巾《はば》をきかしているようで、なかなか良い傾向だと思えます。

以上、大和言葉の苦しい自画自讃が混じりましたが、それにしても言葉というものは、考えてみますと、極め難い程深く多彩なものです。いろいろと言語について問題が提出されるのはむしろ当然かもしれません。

大　高

私は、高校は大阪高校であります。勿論《もちろん》、家から通ったのではないが、他の連中のように、下宿していたわけではない。一軒、家を持って、そこに住んでいたのです。さて、その頃の生活の事々を、今になって思い出そうとするのでありますが、はっきりしたイメージとして脳裏に思い浮かんでくるような特別な経験など、自分にはなかったような気がします。ただ何事にでも真面目なだけの、中学時代の延長みたいな生活であったのでしょう。しかし、中学時代でも未来の真柱だからという理由で、規則ずくめの窮屈《きゅうくつ》な生活を強《し》いられたわけではなかったのですから、家を離れて大阪へ行ったからといっても、解放感というようなものは改めて感じたりしませんでした。

今その当時のことどもを語ろうとすれば、敢《あ》えて拡大誇張しない限り、面白い、取っておきの話はありません。記念祭やその他の種々の行事で、急先鋒を承《うけたまわ》って騒ぎ廻ったという記憶もない。廊下を下駄履《げたば》きで歩いたこと位であろうか。しかし、その記念祭とか、それに類する行事でありますが、若人の血を湧かすようなことが、私達の在学中に果たして行われたことがあったかどうかが第一あやしいのであります。というのは、大高《だいこう》は出来たばかりの、伝統などおよそない、新設の高等学校だったからです。私は大高の第二回生でありました。いずれにしても、高等学校時代の私は、平凡で几帳面《きちょうめん》な、語学の予習に追われどおしの、真面目な学生の一人でありました。

京都の三高などとは違って、伝統もない、さほど有名でもない新設の高等学校へ、何故母は私を入れたのか、今でもはっきりその理由が分かりません。ここからだったら、京都へ行くのも、大阪へ行くのも、距離的に言って同じことなのですから。それをどっちかと言うと大阪へ行けと言ったのには、大高の校長が奈良の女高師の教頭だった人で、母が知っておったということが多少影響しているかもしれません。しかし、高等学校時代、私が運動選手になるのを、勉強が出来ないからというので許さなかった母とすれば、三高のような古い、個性の強い学校よりも、まだ色のついていない所へやりたかったのかもしれま

若 江 の 家

せん。今から思い返せば、母の達観だったのでありますが、これも皆と一緒に遊び騒いで勉強しないからという理由で、寄宿舎へ入れてくれなかったことでは当時の私は不平たらたらでした。

こうした不平は、私だけのものでなく、理由は夫々《それぞれ》別にしても、当時の大高生に一般的でありました。今でこそ大阪高校の大先輩として、皆、東にも西にも相当の地位をかち得ておりますが、その頃はつまらない思いばかりしたものです。大体、体操の時間にまで出欠をとるし、校舎内では上靴に履きかえさす、といった有様《ありさま》で、全く中学校の延長というより外《ほか》なかったのであります。そんな生活の中で、まして不本意ながらも真面目を自負していた私には、語学の予習に追われて時間の余裕などなく、その間をぬって青春時代にふさわしい行動をしようとしても……例えば、大阪娘との恋の芽生えらしいものがあったとしても、それはあくまで芽生えであって、成長する道理がなかったのであります。

本道楽

私には趣味というものがありません。一通り何でもやったのですが、これが私の趣味です、と断言して言えるものがないのです。

しかし、例えば自分には趣味がないなどとよく申しますが、そもそも何をもって趣味とするのでしょうか。趣味は仕事、仕事が趣味だなどという言葉がありますが、趣味というものは勿論仕事そのものではあり得ないでしょう。仕事を離れた時と所に、趣味という言葉も成り立ち、趣味の趣味たるゆえんもある筈です。ですから、仕事が趣味、趣味は仕事というような言い方をした場合、その人が無趣味であるという意味か、仕事大事で暇などないという意味に取るのが普通のようです。趣味といいますと、やはり仕事の余暇や休日に好んでする愉《たの》しみごとのことでありましょう。そしてその愉しみごとが仕事の上での苦しみや、日々の疲労を一時でも忘れさせ、それがまた明日の勤労意欲に結びつくことになりますと、これはもう立派な一つの趣味と言えましょう。今ここで趣味論を展開しようとするのではありませんからこれで止めておきますが、趣味というものを以上のように解釈し規定しますならば、先程も言いましたように、私に趣味といえるものはないようです。もっと正確に申しますと、趣味があるのかないのか、何をやってみても同じような気がするのです。何事を趣味的にやってみても、自分が心から解放されるということがない。何もかも忘れて遊ぶという境地になれない。余裕のある趣味的生活を持つことが出来ないのは、一つには、私に余暇がないということに原因があるでしょうし、他方には、いつも頭から離れない教祖や親父の教えの上での言葉の数々が、私の日常的思考を内容的にも形式的にも唯《ただ》一つ宗教活動、布教といった一点に集中させてしまっていることも、趣味に徹するというような気持ちになるのをさまたげている原因だと言えるようです。

しかし、趣味という言葉を離れて道楽ということになりますと、自ずから意味が違ってくると思います。趣味は子供の日々の遊びごと、道楽は大人の豪遊といった感じがします。何かこう本格的といった感じがします。ところで、私には、長く続きもし打ち込みもし、金もかかった道楽が唯一つあります。道楽といっても、もはや私の仕事の一部になっております。それは本道楽、つまり本の蒐集《しゅうしゅう》ということです。この本道楽をやり始めてからもう随分《ずいぶん》になり、その蔵書の数も相当なものになりますが、この道楽にひたるようになった動機は、今考えてみますと、ことさらに取りあげる程のことはないのです。もともと子供の時から本を読むことは好きでしたし、また夏になると家の蔵書を虫干ししたり、整理したりするのを手伝っておりましたから、書物というものに対する関心というか、興味は強く持っていると思います。毎年そんなことを繰り返しているうちに、自然本を集めるということに興味を覚えるようになったのでしょう。ミイラ取りがミイラになった、というたとえが一番適切な言葉かと思われます。ずっと後になって、海外へ出かける機会には必ず著名な古書店や大学を廻るようになった時は、すでに病膏肓《こうこう》といった状態でしたでしょうか。

本の蒐集を始めた動機とは申せませんが、面白い話が一つありますので、ここへ書いておきます。

何時のことでしたか、教祖のおふでさきを増版したことがあるのですが、その時、版を新たに組んだりすると人間のすることですからきっと間違いが起きるだろうと思って写真版にしたことがあります。写真というものは対象をそのまま正直に写すのですから、その点間違いの起きる筈がないのです。活字を拾って版を組み機械にかけて刷るという行程を通す活字本の場合は、どうしても原本と違ったものが出来てしまう。版を組む人なり機械工が、自信をもって間違いなくやった、ということは言えます。その自信があるという時の誠実さ自体には間違いないでしょうが、自信を持つ言葉自体は実証し得ないものであり、結果を待つより仕方のないものです。それで原本と寸分違わないものを造ろうと思って写真版にしたのでしたが、それが大失敗だったのです。

刷り上がった写本を読んでおりますと、或る頁《ページ》で、お歌の順序は右から左へ原本と同じく並んでいるのですが、お歌の下にうってある番号が原本と違って逆に左から右へうってあるのです。写真版だから確実だと常識的に考えて、安心していたのは、とんでもない甘い考えでした。何故こんなようなことになったのか調べてみますと原因は単純なことでした。その頁のお歌の番号の字が悪かったので、そこのところだけを活字をかえて刷り、それを写真版にとったのですが、その時に植字工が番号を逆に植えたのです。原因を調べますと何でもないのですが、始めは不思議というか神秘的というか実に奇妙な感にうたれたものでした。写本でもそんな間違いが生ずるのですから、まして活字本ではもう一つ正確

天 理 図 書 館

さが期待出来ない。そうなりますとつい初版本の権威にすがりたく、それを集める気になって参ります。初版本でなくてもオートグラフでも勿論いいのですが、いずれにしても原本に正しいものが欲しくなります。私が初版本や写本を案外集めておりますのはそのようなわけです。

しかし、本の蒐集を始めた頃の私の努力は、そのような初版本を手に入れることではなく、ペリオディカルなもののバックナンバーを揃《そろ》えることでした。昔の「太陽」や「中央公論」を第一号から揃えてみたり、外国のものでは Transactions of The Royal Asiatic Society というような雑誌を集めたことを憶《おぼ》えております。

さて、奇書とか珍書とかになりますと、その数の多いこととスケールの大きいことで天理大学の図書館は相当名が知られているようです。初版であるかどうかは別として、ただ珍しい、高価である、という意味からでなく、世界にも少なくて学問、研究の上からも貴重であるという意味で、奇書、珍書の蒐集も意義があると思われます。例えば、大学の図書館にある、日本にキリスト教が伝来してから後の、布教の初期的状況を記した歴史書などは、それが伝道者達の母国語で書かれたものであるだけに、カトリック関係者や内外の宗教学を研学する学者、学生の貴重な文献になっているようです。その中で憶えておりますものは、キリシタン版やそうした雑誌です。

やはり奇書、古書ということになりますと、世界的な値段というものがあり、中には驚く程高価なものがありますが、絵画のように、画商というのが大勢いてせり合うというようなこともありませんでしたので、特に戦前のように、円の値打ちのあった頃は、海外に出かける度に、著名な古書店や大学を廻っては買い漁《あさ》ったものでした。今それらをいちいち紹介するのも大変ですし、大学の蔵書数も六、七十万という莫大《ばくだい》な数になりますと、目ぼしいものと言っても、私の記憶のらち外になってしまいます。

今年の一月十七日付の朝日新聞に、大学附属図書館の〝御自慢拝見〟として関西の各大学の蔵書内容を紹介した記事がありますので、ここに再録しておきたいと思います。

奈良の天理大学図書館は蔵書六十数万冊。質、量ともに大したもの。宗教部門と東洋学、民族学関係の本が圧倒的に多く、また古希本、古版本、古写本が豊富にそろっている。ちょっと中身をひらうと、天理教関係はもちろんだが、カソリックの世界伝道文献や、わが国のキリシタン文献もよそには例がない程集められ、これらの関係の古洋本二千余冊を他から区別して「よろずよ文庫」と名づけ、キリスト教関係者からさえうらやましがられるほど。とくに「精神修養の提要」（ローマ字本―一五九六年）、「ギャ・ド・ペカドール」（罪人への導き）（長崎版―一五九九年）、「おらしよの飜訳《ほんやく》」（長崎版―一六〇〇年）などは希書中の希書だ。このほかに日本に一つしかないといわれる芭蕉《ばしょう》の「貝おほい」、国宝に指定されている「欧陽文忠公集《おうようぶんちゅうこうしゅう》」など実に多彩。

こうしたスケールの大きい収集は天理教の豊かな財力と全国に広がる信者網のたまもので、どこそこに珍しい本があると聞けばすぐに買い取ってしまう機動性は、予算にしばられる他の図書館にはちょっと真似《まね》のできぬものである。

立川文庫

私がまだ小さかった頃、家には想像される以上に、数においては多くの書物がありました。毎年夏になりますと、年中行事の一つとしてそれらの本の整理をしたものでした。何月の何日ときめて、書庫から本をとり出してほこりを払って虫干しをするのですが、子供心にも愉しいわくわくするような気持ちで手伝ったことを今でも覚えております。もっとも、虫干しされる書物は主に漢籍《かんせき》のものが、特に儒教的なものが多かったようですが、例えば十八史略というような面白い歴史物も中にはありました。日本の書物は余りなかったようですが、漱石や鷗外の新しい全集ものが一通りそろっておりました。漱石の「坊ちゃん」や鷗外の「即興詩人」は何度も繰り返して読んだものでした。ですから、後年、といっても最近もですが、人からお前の愛読書は、などと尋ねられますと、あらたまったような場合でも、「坊ちゃん」と答えております。こういう風な書き方をしますと、何かいい加減な気持ちで答えているように思われそうですが、そうではないのです。しかし愛読書はこれこれという風に、待ち構えているように答えられるものではありません。だから、「坊ちゃん」と答えることにしているのですが、「坊ちゃん」が私の読書歴の中に印象深くきざまれていることも事実です。若き日に面白く愉しく読んだ本の外には、愛読書などというものはありますまい。

親父の姉にあたる伯母は私のことを「坊ちゃん」と呼んでおりましたが、私が高等学校の学生であった頃、その伯母が次のように言ったことがありました。

――「坊ちゃん、お前は、お父さんが子供達に読ませるんだと言ってたくさん本を買っておいたのに、そんな縦文字の本を読まんと、お前は横文字の本を買うんだろうなあ」

その時私は、坊ちゃんよろしく、言下に

――「そんなことあるもんか」

と一笑にふしておりました。それが何時の間にか伯母のいう通りになってしまいました。いずれにしても、伯母が言ったように、親父が買い置いた漢籍などは、子供の頃は勿論、高等学校へ行くようになっても殆《ほと》んど読まなかったようです。十八史略というような歴史物語にしても、私などのもう一つ前の世代の、つまり親父と同年輩の人々が愛読したのであって、私共の世代になりますと余り関心を引きませんでしたし、儒教的教養といったものは必要と思わなくなりました。

しかし親父自身も、そのような自分の買い溜《た》めた本を片っぱしから読んだわけではなさそうです。親父は何もかも独学でした。家のことに追われまして、その当時の遊学、つまり京都の官学の塾へ行くというようなことも許されず、結局土地の小学校を出ただけでしたから、常識が足らないというようなことで自然卑下する気持ちがあったとみえて、子供達に読ませるんだといって書物だけは随分買っておいたのです。私が子供の頃、夏になると虫干しし整理したのはこうした親父が買い溜めた書物類なのですが、この毎年の経験が習い性になったのか、書物を集めるということが、私の一つの趣味となり、それがいよいよ本格的になった時、世界の奇書を高い金を出して買いあさるというような本道楽に何時しか発展してしまいました。

しかし、本の蒐集というような趣味道楽をやり始めましたのは、ずっと後のことで、高等学校の学生の頃は、読みもしない本を買うのは一種の学生の虚栄であるように思い、いさぎよしとしなかった位でした。それに中学の頃などよりも、柔道などのスポーツに興味がありましたから、少なくとも文学少年と呼ばれる程、文学小説を読み耽《ふ》けるということはありませんでした。といっても、こうした非現実の世界にひたるというような、隠遁《いんとん》を好む耽美的《たんびてき》文学少年ではなかったにせよ、子供の時から本はよく読んだものです。著名人の懐古談などを読みますと、少年時代よく読んだものとして、きっと立川文《たちかわ》庫を思い出しているようですが、私と立川文庫の結びつきも相当親密なものでした。岩見重太郎とか塚原卜伝《つかはらぼくでん》とかいうような豪傑英雄には完全な崇拝の念を捧げたものです。立川文庫などは、このあたりの本屋にも並べてありましたから、そこで買ってくるのですが、何時の間にか百冊位も揃えて持っていたでしょうか。

その頃、あれを読むな、これを読むなというような命令めいたことを親父や周囲のものから受けた憶えはありませんでした。こういう風に話しますと、実際を知らないよその人々は不思議がりもし、感心したりもするのですが、それが本当なのです。好きなものなら何でもというような完全放任ではありませんでしたが、将来の真柱を教育するというような、窮屈な手カセ足カセは全然なかったのです。私の家で世話した人々というか取りまきというか、そういった人々も、その点では、非常なリベラリストでした。もともと百姓あがりの連中でしたから、お家大事というような武士道的な物の考え方に対しては、反抗こそすれ、アピールしようとする気持ちなど毛頭なかったのです。ですから、特殊な読書生活を強いるということはなく、何でも自由に読めたわけです。それでも、立川文庫に夢中になっても、恋愛小説を読み耽けるというような経験もなかったことを考え合わせますと、当時の私は軟派ではなく、硬派に属していたようです。軟派、硬派といいますと、ちょっと内容も漠然として来ますし、私が硬派であったとははっきり断言出来ないのですが、少なくとも文学少年的な面はなかったのです。

夏になりますと、今でも書物類や教祖の書きものの虫干しや整理をしますが、今では手伝ってくれる者もおりますし、莫大な量に圧倒されてもう一つ興が湧いて来ません。ただ昔のことを懐古するよすがにはなっているようです。少年の頃のあの立川文庫は人にやってしまったのか、破れて捨ててしまったのか、もうどこにも見あたりません。近年になって、立川文庫を一通り揃えてやろうと思って探したことがありましたが、すでに珍本の部類に入ってしまったのか、そこらの古本屋にはないようです。

大和の人々

地方地方で持っている、その地方の特色、或いは人々の個性といったものは、やはりあるのであろうか。土佐の高知は情熱的で、東北の神武たちは鈍重でねばり強いといった風に、一般的には言えそうであります。今日の大都会となると、またこれは種々様々の雑多な人々のカオスでありましょうが、その大都会にしても、共通の環境や言葉や文化は、結局似た様な発想法を、その住民達に将来するようになるのではないでしょうか。

それでは大和地方の人々は一体どのような共通の個性を持っているのでしょうか。地形的に言って、この盆地のなだらかな平坦地に生活する人々には、一言にして申しますと、何かこうまんずりしたところがあるように思えます。シャープなところがない。これが短

奈良風景

所と言えば短所かも知れません。しかしこののんびりしたところは、この地方の人々のもっている文化的な気持ちと結びついているようです。百姓と文化の取り合わせは少々妙に思われるかもしれませんが、現代の大都会的繁栄を文化的と規定しない限り、外国文化を一番最初に摂取し、それを定着させ、時代を越えて保守してきたこの地方の人々は、確かに文化的な気持ちを持っていたと言えそうです。

　私が言いますのは、この文化的な気持ちが、郷土に対する一種の誇り、自己満足に結びついているということなのです。実際大仏が出来たというのは、国会議事堂が出来たのと同じようなものですから。我が郷土は国家のものと言うより前に、我等のものという意識が強かった。しかし大和の人々の、唯我独尊とまでいかないけれども、こうした一種の自己満足は、何かこう一人でおさまり返っているような、古代文化の発生地であるその地面の上に、あぐらをかいているといった風な一人よがりがあります。そのあぐらをかいている蒲団《ふとん》が、大して大きなものではないと言うことに気が付いていないようなところがあります。ですから対外的な団結力が要求されるような立場に置かれますと、何か脾弱《ひよわ》な感じがします。例えば国体あたりに出場する場合の奈良県の選手の気力は、都会の諸君と同じようなまとまりのなさ、もろさを露呈し勝ちであります。

奈 良 風 景

こうした対外的団結力の脾弱さ、まとまりのなさは、どういう所に原因があるのだろうか。私が考えてみますのは、徳川、室町などの武家時代、特に徳川時代のこの地方の政治的なあり方なのです。例えば、徳川時代、大和地方には、有力な大名などは存在しなかったということです。わずかに幕府の天領や、興福寺、東大寺などの社寺領があっただけで、これらの間に、植村と言う人が城主でしたが、郡山とか高取とか土佐とかいう小藩が介在していただけでした。例えば、この教会本部の裏は伊賀の藤堂さんの領地でした。別地だったのでしょうか。奈良に古市と言う今は市内になっておりますが、そこにいた代官がこの藤堂さんの領地を差配《さはい》していたようです。

このように、天領、社寺領、小藩などがまとまりもなく、ばらばらに点在していて、およそ大和という一つの空気が何もない。お国振りというものがないのです。そのようなわけで、政治的にも経済的にも、個々まちまちに分散的に発展したようです。大きな勢力もないかわり、圧政による零細な農奴的百姓もいなかったと言えます。例えば面白いのは、今度の農地改革の時でしたが、大地主として解放され、損をしたものが殆んどいないということです。このあたりで十町も持っていたら大地主だったわけです。この地方で大きな地持ちというのは皆山持ちのことです。

そのように生活上さほど悲惨な歴史を持たなかった大和の人々は、古代文化の遺産の中で、その遺産の雰囲気さえただよわせながら生きてきたのだと思われます。

奈良

奈良市は奈良県の北の端にあります。県の行政的経済的中心でありますから、やはり奈良県と言えば奈良市となるのでしょうが、所謂大都市、大阪とか名古屋とかの大都市を控えた県でありながら政治、文化、経済のあらゆる流れが不可避的にその大都市に集中するというような傾向は、奈良県ではないようです。大都市の人口がみるみる膨張してゆくのに、奈良市がいつもおよそ一定の人口を保っている事実などをみますと、こうした奈良市の位置づけは妥当だと思うのです。

奈良県の人口は、戦前、例の皇紀二千六百年といった昭和十五年頃で七〇万と言われておりましたが、私達が小学校へ行っていた頃も七〇万と数えられておりましたから余り増

春 日 大 社

減はないようです。現在でも県の人口はそう増加しておりますまい。しかしその間に、大阪方面へ約二〇万出ていることを考え合わせますと、県の人口が増えていないとは言えないわけです。まして昔から間引が多い地方であるなどと言う言い方はとんでもない濡れ衣です。奈良県の人々が、出かせぎというか、一旗あげるためというか、ともあれ自分の土地を離れて出て行くのは、距離的な関係からも大抵大阪であるようです。その点では関西の県民移動を考える上では、単に奈良県だけのことではありますまい。

それにしても、奈良県を政治経済的な観点からみますと、何か閉鎖的な感を受けます。近畿五県の一つに数えられ、大阪府と隣接している以上、閉鎖的だとは言えない筈ですが、明治以来の県の歴史をみてみますと、どうしても発展性の頓挫《とんざ》した、自足的な姿が浮かんで参ります。例えば、奈良県出身の人で有名になった人は実に少ないということがあります。思い出そうとしても、ちょっと浮かんで来ません。名前は忘れましたが、大阪の商工会議所会頭になった人とか、戦後では大臣になった木村篤太郎《きむらとくたろう》氏位でしょうか。それに面白いのは、陸軍、海軍を通じて、中将になった人が出世頭だったということです。それに県民で、外へ出て産をなした人というと案外多いのです。こう言ったところにも、奈良県人の個人的な常識的な面を説明するものがあるようです。ですから、同窓の先輩を頼るとか、強固な県人会を形造るというようなことは珍しい、というより余りないようですし、出来もしないようです。

個人的、自足的と言えば、奈良県内の地方相互の間でもそう言えるところがありそうです。これも経済活動の活発でない田舎県では一般的なのでしょうか。奈良市のことはこの天理市ではもうあまり関心がないのです。例えば、奈良市の十二月十七日、春日さんの若《わか》宮《みや》のおん祭りと言えば、市関係の役所は勿論、主な銀行でさえも表戸をしめて休んでしまう位のお祭り騒ぎを展開するのですが、ここまでその賑やかさはやって来ないのです。それは天理市が宗教都市であるからというような何か対抗的な姿勢に原因があるのでなく、昔からなのです。奈良のことは三島の関心外にあったのです。この地方では石上《いそのかみ》神宮のお祭りが昔からありますが、その方に対する関心の方が深いのです。

結局、大和は日本で最も古い文化的な国、官幣大社《かんぺいたいしゃ》の一番多い国、古代文化の遺産をとどめた観光の土地という風に言うのが、最も平凡で教科書的で、しかも事実を言い当てた説明でしょうか。この観光都市の名はおそらくそのあり方は変わっても、やはり古代文化が興味の面でも文化の意味でも、問題になる間はいつまでも残ることでしょうし、その点では奈良は永遠の日本の中心であると言ってよさそうです。ただ〝永遠〟の崇高な敬称の

石　上　神　宮

中にあぐらをかいているような今のあり方は、例えば奈良市が観光都市として発展しようとする上からも、古代文化の遺産の保存というような国家的大乗の上からも、あまり感心したあり方ではありますまい。

法隆寺も大仏も、観光を主とする寺は皆国家で管理し、国家公務員をおいて観光事業を本格的にやれば、それの方が合理的で能率的であるし、古代文化の遺産を無為に灰にしてしまうような不始末も起こらないですむでしょう。建物なり仏像なりを文化財と見て観光に重点を置くか、寺院本来の使命である信仰活動を主とするか、何《いず》れかでないと、今のままでは中途半端なような気がします。

何時でしたか、私は次のように言ったことがあります。

――市民は皆無税にして、古代の服装を着せて、古代の歩調でそろりそろりと道行きさせればよいのだ。

勿論笑い話でしたが、半ば本気で言ったのです。

法隆寺

まだ子供の頃、奈良の古社寺巡歴にはよく行ったものでした。建築物や仏像の面や線の美しさなどは未《ま》だ理解出来ませんでしたから、難しい説明など頭に入らず、ただ珍しいものを観る位の気持ちで大人の後について歩いたものでした。ですから何度か奈良へ行き、古代美術の粋《すい》を目の前にしたといっても、ことさらに仏像彫刻に対する造詣《ぞうけい》を深くしたというようなことは言えそうもありません。実際のところ、読み書きも十分に出来ない小学生などに、法隆寺を観せた所で大した意味は持たないでしょう。私の親達にしても、私に一種の情操教育を施す積《つも》りで古社寺巡歴につれて行ったのではありますまい。

今日でも私は、法隆寺や正倉院が日本の古代文化の面影を偲ぶ遺産である事は認めても、又それらの美術的芸術的価値は認めるとしても、ことさらに観賞というような目的で、大勢の小学生を動員する程のことがあるかどうかという点については疑問をもっております。芸術品を対象にして、わかるから、わからないからということで問題にするのではなく、修学旅行は奈良の大仏でなければならないというところに考えさせられるのです。そのこととは別ですが、もともと私は、奈良の社寺仏閣の現在のあり方に対して前々から批判的です。例えば、法隆寺とか東大寺とかが宗教活動を目的としたお寺なのか、観光客を対象にしたものなのか、というような点が、私共の立場から考えますと、自然問題にしたくなります。大切なのは仏像であり、自分達の使命は唯これが保存であるというようなところが変に思われるのです。宗教家としての使命が忘れ去られているような現況が疑問に思われるのです。

私共の考えていることを極言しますならば、檀家《だんか》もなく、お墓もない奈良の観光寺はことごとく国家の管理に移管すればよいと思うのです。そうすれば観光資源としてははっきりこれらのお寺を扱うことが出来るでしょうし、公務員をおいて合理的に観光事業を推進すれば、その収益も増加するに違いありません。管理、保存という面でも責任の所在を、はっきりこうした国立奈良観光課といったものに置きますと、先年法隆寺の金堂が焼失した

法隆寺西院

時のように、責任問題で醜い争いが起きるようなこともなくなるでしょうし、保存、管理の面でも手がとどくことと思うのです。観光客からも、そうなる方が余程《よほど》便利で喜ばれることと思います。チケット一枚で奈良一周というわけです。事実、今私が言ったようなことはいずれ近い将来に問題になると思います。いずれにしても、今の奈良の観光寺のあり方は考えなくてはならぬと思います。

しかし考えてみますと、奈良のお寺は、法隆寺にしても東大寺にしても、或いは唐招提寺《とうしょうだいじ》にしても、その建立《こんりゅう》の時代に遡《さかのぼ》って考えてみますと、当時の天皇家の庇護《ひご》のもとに、学問所であるとか、記念物的建築物として建てられたのでした。勿論、熱烈な仏教的信仰がこれらの記念物と結びついたのでしょうが、所謂〝お寺〟がする宗教活動などは、もともとやっていなかったのです。墓地もなく、檀家も少なかったというのはそのような建立当時の事情に原因があるのでしょう。仏寺、堂塔の建立が庶民の仏教的信仰と直接結びついたのは、つまり親密さが生じたのは、中世以後ではないでしょうか。

そのような成り立ち方をした奈良の社寺仏閣が、現在では観光客を相手にすることが主であって、宗教本来の活動を余り活発にしていないのは発生の歴史から考えてむしろ当然かもしれません。また、法隆寺の宝物殿に鎮座する仏像の姿にも、宗教的観点からよりも、芸術的美術的視点から価値づけられる場合が多いのも自然な成り行きです。堂塔、仏寺の乱立する奈良の静けさの中に彷徨《ほうこう》することによって、或いは仏像の柔和な微笑の中に、古代日本の初期的な仏教精神に想《おも》いを馳《は》せる人もいないではありませんが、二十世紀後半の現代人には珍しい発想としか受け取られていないというのが事実でしょう。

　昨年、マルローが奈良へ来ました時のことですが、まるで百年の友にめぐり合ったかのように、法隆寺の百済《くだら》観音を三、四十分も眼をこらして見つめていたということです。東西古今の美術彫刻に造詣が深く、世界でも第一級の審美的感覚に恵まれているマルローですから、東洋美術史に奈良の古代美術を正当に価値づけることが出来たのでしょう。私などは先にも申しましたように、古代美術に対する深い趣味的感覚もありませんし、高踏の美術論を展開する程の知識も持ち合わせておりません。一体、奈良の古美術を宗教的立場からみるか、芸術的立場からみるかによって、それらの評価もそれらから受ける感銘も違ってくると思います。そして私の立場からみますならば、宗教的な魂のこもったものであれば、イワシの頭であろうと何であろうと、価値があり、感動を覚えると言えます。ただ私は天理教を信仰しておりますから、天理教という宗教的観点においてであります。

　以上、永々と論旨の通らぬ雑多なことを書き並べましたが、法隆寺という題を与えられましたので、思いつくままを筆にしてみました。

柿と栗

「色は黒ても味みやしゃんせ
　味は大和のつるし柿」

とは子供の頃、よく耳にしたり口にした唄《うた》であります。しかし私は、それほど大和が柿の産地として有名であるかどうかは知らないし、また名物に美味《うま》いものなしの例えにもれず、この大和のつるし柿なるものも、この唄ほどおいしいとも思っていないが、南をうけて軒《のき》端《ば》に干されている姿は、なぜとはなく懐かしみを覚えるものであります。真新しい藁《わら》を縒《よ》って作られた縄の所々に、挟み込まれた柿色の玉簾《たますだれ》、それが古びた藁屋根の下にずらりとならんで、日向《ひなた》ぼっこしている姿、日焼けして黒くなってゆく一日一日の姿、その姿に一日一日と更けてゆく秋の捨て難い風情《ふぜい》があるのです。

子供の頃、裏の庭に一本の御所柿《ごしょがき》があった。その木はあまり手入れもしないのに、毎年沢山の果実がついて、色美しく庭を飾ったが、そのころの私には美しいという感じよりも、その木に登ってもぎ取る方がより望ましいよろこびでありました。しかしその後幾年かの学校生活を繰り返しているうちに、この柿も何時の間にか切られてしまっていましたが、その後また土地にいつくようになってから、先《ま》ず思い出されたのがこの柿でありました。私は早速、庭の隅々に柿の苗を植えた。松とか紅葉《もみじ》とかのいわゆる庭木に交じって柿の苗木、異様にながめる人もありましたが、私にはこの野趣がまたとない幼いころの思い出なのであります。

庭に入れて朝夕ながめる時、単に秋を彩るというばかりでなく、春夏秋冬を通じてそれぞれ相応しい趣を感ずることができました。黒褐《かっしょく》色のマスクメロンを思わすような幹から出した仔鹿《こじか》の角のような枝、その先に幹とは似もつかぬやさしい新芽が見え始めると、一日のうちに五分《ぶ》も伸びるかと思われる早さで庭一面に春の訪れを漲《みなぎ》らしてゆく。そして、いつとはなく小判形に肉厚な緑の葉が繁み、一雨ごとにその濃さを増す時は、早《は》や梅雨の季節であり、夕立の音がさわがしくはれたあと、夕陽に濃艶《のうえん》な光沢を浮かす時、私には万《ばん》

柿　の　木

斛《こく》の涼味《りょうみ》が感ぜられる。秋の柿については事新しくいう必要もないが、丁度《ちょうど》、前の年の秋のこと、この庭柿がはじめて実をつけました。子供たちは

「この柿の実五つ」

との木札を吊《つる》しました。沢山の人の出入りする私の家、子供のたわむれとしては、なんとよくできた禁札《きんさつ》でしょう。人びとは、秋の彩りに一入《ひとしお》の趣を感じて、口に笑みをたたえて、眺めゆく。味覚以上に庭の和《なご》やかさを増したものであります。

木枯が松の梢《こずえ》にうそぶく頃、冬芽大事に包みながら、丸々とした裸の枝をさし交《か》えている恰好《かっこう》は、冬木立を味わうには松などの遠く及ぶものではありません。

二百十日も無事に過ぎ、二百二十日も大禍なく打ち過ぎました田畑には、房々とした稲穂がサラサラと波打って、我が世の秋とでも言いたげに見えます。田畑ばかりではありません。庭の草木にも秋が来ました。梢に鳴き通していた蟬《せみ》の声もなく、赤くなりかけた萩《はぎ》の垂枝の下に、名も定かならぬ虫がジーと静かに私語《ささや》いていますし、柿、ざくろ、栗など各々《おのおの》実りを競っているように思われます。

「里豊年の山不作」とて、田畑の豊作の年には、果実類があまり香ばしくないことが多い

と申しますが、今年は庭の柿、ざくろは実に惨めな成績で、昨年は枝も折れよと沢山の実を結んだざくろなのに、今年は梢に一顆《か》か二顆見られるのみで、ピンと立っています。

「柿は隔年に豊作と不作とを繰り返すようです」とて今年の不作を説明していた人もありますが、庭の柿もご多分に漏れず、葉のみ繁って、透《す》いて見える果実の数は寒々としています。わずかに栗のみは漸《ようや》く果実の名誉をささえて、昨年よりも沢山稔《みの》りました。見ても厳しい毬《いが》を押し開いて、勢いよく、庭に艶々《つやつや》しい姿をならべています。そよ吹く風にもコッコッと枝幹を伝いながら、芝生《しばふ》の上に飛び下りますが、微傷《かすりきず》一つもない玉の肌です。丸々と太った姿と言い、艶々しい色合《いろあい》と言い、ハチ切れそうな元気がその中に蔵されている思いがいたします。

「栗はほんとに用心深いものや。毬で包まれ、その中にこんな固い皮があり、またその中に渋《しぶ》の衣を着ているのだからナァ」とよく母が申しますが、貞節を重んずる風情が偲ばれます。

「……小生は毎日、一時、子供に誘われて栗を拾い居候《おりそうろう》、朝夕の一風に、又サッと来る一雨に、うち負かされて大地に落ちる栗は、到底マーケットに見る栗には想像もつかぬ艶あり、一個一個に収穫の秋を示し居候。さるにても丹波栗《たんばぐり》、柴栗《しばぐり》等の内地栗に交《まじ》りて、支《し》那渡来の木も有之候《これありそうろう》が何れも亦《また》、我が日本の大地に根ざして実りしものなるを思うとき……」

と、彼地《かのち》に特派されている友人にたよりいたしました。

「……西瓜《すいか》をおくって、桃や梨《なし》を迎え、今や栗の世の中となりつつあります。梨や、桃や柿等が人工栽培よろしく、年々その姿を華美にして行くに反して、独《ひと》り栗のみ、如何なる力にも染《そ》まず、昔ながらの甲冑《かっちゅう》に身をかため、その中に健康色そのもののような色艶をして、莞爾《かんじ》と控えている姿は、如何にも雄々《おお》しく見えます」

と、アメリカに使している友に書き送りました。

あの厳しい毬を見れば、その中にこの栗ありとは、市場の栗のみ知っている人びとには想像もできないことでありましょう。

「初めて雲丹《うに》を喰った人は定めし勇気を要したことでしょう」

と、誰《だれ》か笑い話をしていましたが、栗もまた、木に拠《よ》って喰った人は、雲丹を喰うに要した勇気を要したに違いありません。

初秋の野火「誘蛾燈」

今年の天候は順調ではありませんでした。その上に、水災が踵《きびす》を接するように次々と西に東にとおこり、人災だという声さえ聞かれました。天災か人災かはみる人によって異なりましょうが、その災難に見舞われた者こそ気の毒な次第と申せます。

水災と不順な天候の為に、今に暑くなるだろうと思っているうちにもう秋風が野面《のづら》に渡るようになりました。おそろしく暑くなったかと思うと急に肌に涼しさを感ずるようになり、時間的にも地域的にもこま切れの天候でありました。しかし九月ともなり二百十日、二百二十日の厄日《やくび》も無事に過ぎると、今に今にと恐れられた残暑の懸念も失われて、稲穂を渡る風の音もさわやかに感じられるようになります。青々とした稲田に夕べの幕がおり

誘　蛾　燈

た頃から誘蛾燈《ゆうがとう》が点火されます。さながら新たな区画を整えられた市街地のようにも思われて、いつも何とも言えぬ和やかな親しさを感じるのです。秋の夜の誘蛾燈がかもし出す情緒はたしかに新しい秋の風情でありましょう。

私達の子供の頃には、このような人工的な誘蛾燈を畔《あぜ》ごとに散布されるようなことはなかったようです。もともと燈の地獄に夏の虫をあつめるのは決して秋の夜の無聊《ぶりょう》をなぐさめる催しではありません。虫害を防ぎ、米の増収を計るという食糧問題が生んだものなのです。しかし増収を願う努力はそれによって虫害を防ぐばかりでなく、野趣に何ともいえぬ動的な深さを与えていることは私にはたまらなく喜ばしいのです。あの野火——というと変ですが、野面一面にともされた誘蛾燈をみると急にあのロスアンゼルスの街の灯《ひ》を思い出すのです。

はじめての飛行機旅行に太平洋を飛び越えてロスアンゼルス近くになって、はるか下の方に夜光虫の群団のような光のまたたきをみた時、乗り合わした人々は白人も有色人も一様に拍手をもって歓びを叫び合ったものです。順調に旅しているのですから、たとえ一物もみえない闇の中であっても、別に不安はない筈なのですが、島影をみたり灯をみたりした時の歓びと安堵《あんど》の気持ちは、味わった人でないと想像がつかないでしょう。灯のある所、人々の住家《すみか》の存在が予想されるからです。歓声を放って十分もたったかたたぬうちに、整然と区切られた灯の街が目に入りました。正確な碁盤の目のように闇に灯の角目がとられているのです。しかし、高度を下げた飛行機に、段々と走り交う自動車の光の線や、碁盤の中心部のただれたような灯の海が接近してきて、人の灯の気を喜んだ次の瞬間には、世俗の煩《わずら》わしさがひしひしと身に迫り、仙境《せんきょう》から雑踏の巷《ちまた》へと続いたものでした。

初秋の野火、誘蛾燈は私にそのような詩境、情緒を味わわせるものであります。しかも決してみせるための灯ではなくて、食糧増産という必要条件が偶然このような秋の趣を夕べの野面に添えることになったのだと思うと、私はたまらなく胸しまる思いにひたるのです。

麦火《むぎのひ》の煙たなびく山端《やまのは》のかげに蛙《かえる》の初音《はつね》を聞いたのもまだ昨日のことと思っているうちに、野畑の趣は早苗《さなえ》の月影や蛙のコーラスへと進み、早くも稔りの秋の前奏曲となってきました。

昔から野山に数えられる風情も色々とありましょうが、草木の花々や虫の音から蝶の舞まで、野趣は必ずしも生産に直結しておりませんが、麦の畝《うね》や田植えのあとのように、野に趣を添えんがための苦心ではなく増産を志した代々の慣習が風をなしたものの中に、言い切れぬ趣とよろこびを感ずるのであります。野づらの美しさは自然に無意識のうちにつくられた姿にこそ崇高とさえ言いたい味わいが感ぜられると思います。努力の現れにこそ、イヤ真剣な努力の結果にこそ言い知れぬ美しさが現れるのではないでしょうか。

柔道

私が今天理大学の柔道部の世話をしていることや、中学生の時から柔道をやったことを知っている人々は、柔道と天理教との間に、或る関連、一種のメタフィジックな相互作用があるのではないかと、私にそのことについてしばしば質問をしたりします。そのような時、そんなものは、後からくっつける話です、今は大いにこじつけておりますがね……と言って大笑いしたことがある。

私が中学校へ入った時、やらねばならぬ体育の正課として柔道と剣道とがあった。剣道や弓などは、母がやれと言うので小学生の時からやっておりましたが　それを中学に入ってから、殊さらに柔道を正課に選んだことには、やはり私なりの理由があったに違いないと回顧するのであります。

当時の剣道部の先生は非常な賢者と言われた人ですが、私に柔道も剣道も二つともやれといった。その時、私は腹を立てました。何を自分の為に特別のクラスを作って、将来の真柱を教育する、などとうそぶいているのだ。私を学校のPRの材料にする積りか、一つでいい筈のものを二つまでやらせて、虻蜂《あぶはち》とらずの人間が出来てしまってどうするのか、はなはだ理論が不徹底、不正確ではないかと、文句をつけた。けしからん、などと言い出した時にはもう、双方の口振りには感情が入っておりました。

しかし、以上のことは、私が柔道をやるようになった特別の理由にはならないでしょう。それには、私が中学生になった頃に、柔道部だけの新しい部屋が建てられたことや、柔道部員の方が質がよかったことなどが、知らず知らず影響していたかもしれない。友人、先輩などは決まって柔道部に入っていたのです。それに剣道という奴は人の頭を叩いて、勝ったとか、負けたとか言うもので、それなら小さい時から、口下手だった私は、気に入らないと人の頭を叩くのが平気だったから、余り変わりばえがしないように思えた。というより、これまでの習慣に反して、上級生あたりから叩かれるのが癪《しゃく》だったというのが本音かもしれない。案外気が弱かったのであります。そんなわけで、中学時代、柔道をやった

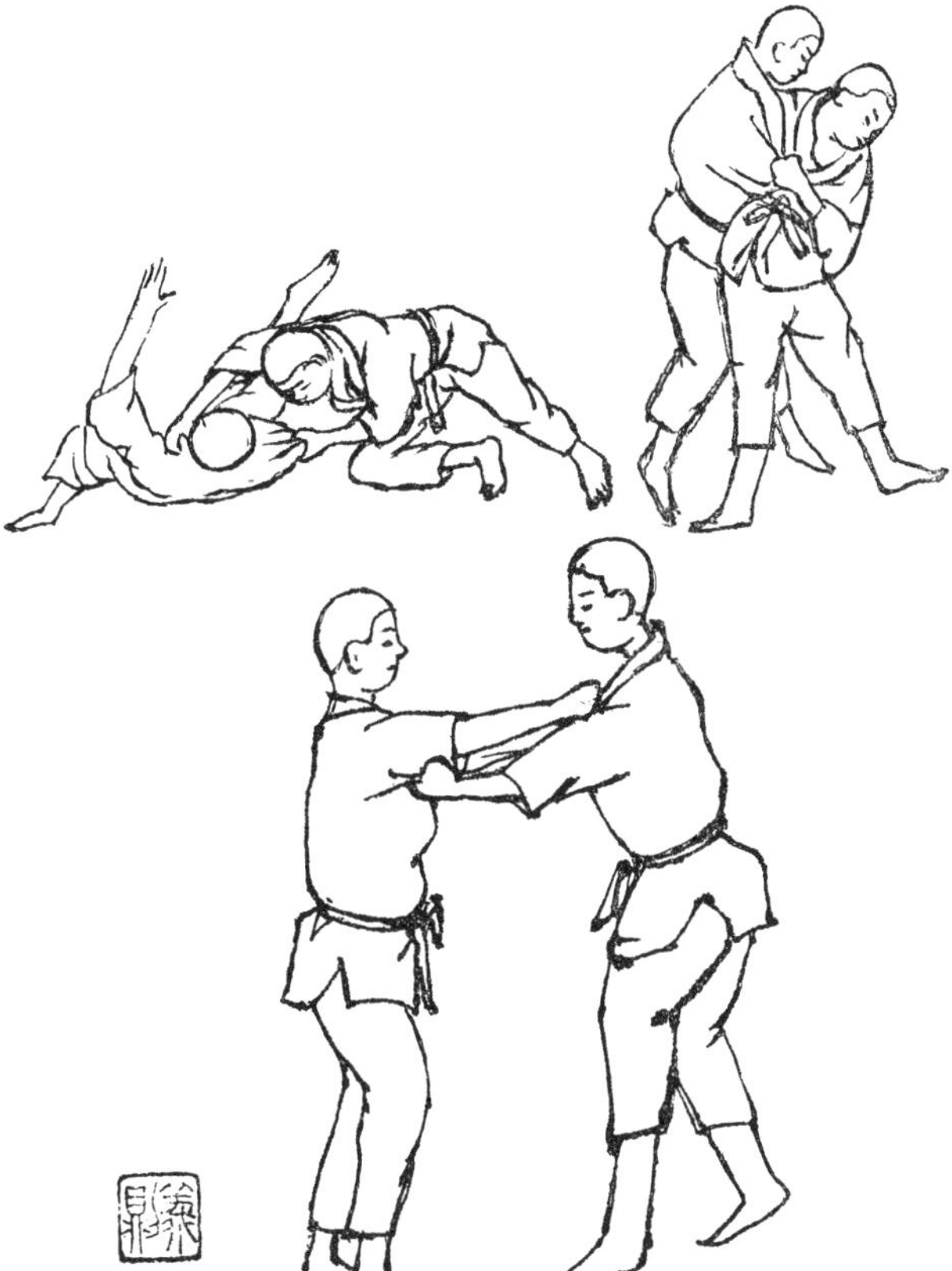

乱　ど　り

73　柔　道

わけですが、道場で首を締《し》められるのもそう気持ちのよいものではありません。だから、仮に私がもともと柔道が好きであったなどと宣伝されているとすればそれは真赤なうそであります。どちらかと言えば、私はオープンドアのスポーツが好きであった。子供の頃は大屋根の上を走りまわって騒いだものでした。で、その頃、中学校には野球こそなかったがテニス部などは、此頃で言うクラブ活動としてはあったので、正課である柔道の練習からぬけ出して、テニスをやっては叱られた前歴が何度かあります。もし、当時テニスや野球などの戸外スポーツが正課としてあったならば、果たして柔道をやったかどうか分からない。多分戸外のスポーツをやったに違いないと思います。

大学へ入ってからは柔道部にも入らず、勿論選手にも加わりませんでした。その頃私は所謂勝負事と言えるものには、何事にも興味を失ってしまっていたのです。

初恋語らず

初恋を語るなどという機会は、人間五十年も生きれば、何度か出会うものであります。言ってみれば、くだけた宴会などでは、最も陳腐な、決まりきった話題かもしれません。先日もある席上で、私にその平凡なことを注文した人がいた。今でこそ天理教の真柱として、指導者として忙しい生活をしているけれど、やはり私にも青春時代があり、思春期特有のあこがれを持った時期があろう、と至極《しごく》当然なことなのであります。それに対して、私の初恋は八才の時で……と、語り始め、曖昧《あいまい》極まるその恋心の顚末《てんまつ》を語り終えるのは実に平凡でつまらないことであります。しかし、余り無下《むげ》に、初恋語らずをきめ込むのも芸のない話であるし、ことを神秘的に残してしまう恐れもあるので、私は次の様に答えておきました。

×　　×

私はまだ昔を回顧する程年を取っているとは思っておりません。まだまだこれからすることがたくさんありますし、事実、年齢的にも気持ちの上でも若いのであります。しかし、今の若い連中が、私の知っていることをしらない場合が多いことから考えますと、私も往時のことごとを感慨深く回顧する立場になってしまったのかなあと、一抹《いちまつ》の淋しさを感じてはおります。例えば、ここにおります堀越などは、昔の私等の教頭で、もともと村田と言ったものだが、今はそんなことを知らない連中がたくさんいるのです。

さて、皆さんの知らない私の初恋でありますが、私の記憶する限りでは、八才の時に始まるのであります。ところでその話をするのは、私の方は一向構わないのですが、相手の女の人が万一まだ生きているとすれば、これはちょっと困ることになります。第一、相手に旦那さんでもおられたら責任問題にもなりかねません。で、第二、第三の初恋の方をお話ししたいのですが、もう一度その時代に立ち帰りたい程のすばらしい物語になってしまうと、今度は今の私の妻が苦しみますからね、これも止めにしておきましょう。それより第一、子供達が喜びますよ。そんなことで子供達を喜ばす手はありませんからね……。

と、大体以上のようなことで、初恋語らずの弁を弁じ、却《かえ》って皆愉快になりました。

× ×

席上ずっと後になってからでありますが、ある人が真柱などというと、もっと格式ばった窮屈な、神がかりな現人神《あらひとがみ》だと思っていたのに……としきりに驚いている。その時、私は、それはあなた方が勝手に一つの絵を描かれて、それを現実だと錯覚しているからで、私には少しも責任のないことだと言っておきました。

初恋を語ることで、私の人間臭さを披瀝《ひれき》せずとも、今日こそ、むしろ大いに人間臭さを発揮している積りなのであります。

酒の話

飲める、という言葉を自然に口にする程私が酒に親しむようになったのは、比較的近年になってからのことであります。したがって、酒の上での語り草はあまり豊富でないし、失敗談の方は自慢にもならないから控えておきます。

天理教の真柱などということになると、良い意味でも悪い意味でも、良い加減な噂の一つや二つは免《まぬが》れぬものらしい。若い頃の私が、大阪あたりで相当遊んだ、というような説がまことしやかに流されているらしいが、それが私のヒューマニストたる一面の証左《しょうさ》になるのでもなければ、その誤解を解いておきたいものだと思っています。

私が飲めなかったというのは、大学卒業後しばらくして東京へ行った時に、或る芸者に、この頃飲まれるようになったのですか、と冷やかされた一件がある位であります。私の友人で、その方面では極道者で通っていた人がいたが、彼は私にふりかかった濡衣を晴らすことに腐心《ふしん》してくれたものだ。彼としては自らの存在理由を素人の私に盗まれたとでも思ったのであろう。中学時代から一緒だった本部の井筒などは、イヤに大尽《だいじん》振っているものだから、えらい坊ちゃんだなどと言われて、盛んに僕の身替わりを演じたらしいという噂もありますが、これとても何処迄《どこまで》本当なのかわかりません。

以上のようなことは、何も私が真面目だったわけでなく、ただ酒が好きでなかっただけのことです。高等学校時代まで逆戻りすれば、もう酒なく借金なくで、実に真面目な模範生だったらしい。

酒を飲み初めたのは、だから大学を卒業した頃で、役員達が、管長さんそろそろ練習を初めたら……将来困りますよ……などと勧めるし、母も飲んだらどうや、というので口にし初めたのであります。大学に在学中も、同僚を接待する為に、一応樽《たる》で送って貰っていた。松竹梅が高いといって一升五円位だった頃で、僕は樽がいいというので、黒松白鹿か白鹿黒松かしらないが、それを一樽ずつ送って貰っていましたが、いつも飲みきれなくて、腐ってしまったのを覚えています。

こうしたことを覚え書きしてみると、もはや僕の真面目さを裏付けしているというよりも、腑甲斐《ふがい》なさを告白しているようなものでしょう。往年年貢を納めそこなったからというのではありませんが、此頃になってようやく年貢を納めようとしております。

中山という姓

天理に来られた人は、教会本部建築が想像以上に壮大なことや、至る所にある数多くの教会関係の大きな施設や建物から暗示を受けてしまうのでしょうか、真柱である私に会うと言うようなことは、至難のわざであると思われるらしい。事実、突然に訪ねて来られる人は、大てい空しくお帰りになるようなことになり勝ちです。それは真柱という重く奥深い座に理由があるのではなく、私のスケジュールに追われた連日の多忙さに原因しているのです。ですから、私が子供の時から天理教の将来の真柱として、貴族の生娘《きむすめ》のように、深窓《しんそう》にあって慣習と法規の格式の中で育ったのであろうと、想像されるような人がおられましたら、それはそうでないと申し上げたい。こうした想像による誤解は、実際に調べもせず外観だけをみられて一つの絵を描き、その絵を現実だと考えることから起きるので、今日の言葉で言えば、はなはだ非科学的だと思うのです。百聞は一見にしかず、もその一見が外観の服装だけをみて人を判断する調子では見たことになりますまい。少し時代を逆のぼって調べてみる気になりますと、こうした臆測による誤解は四散してしまう筈です。

もちろん、私の家は貴族でも華族でもありませんでした。それどころか教祖は平凡な百姓女であったのです。例えば、今日はそのことをお話ししたいのですが、中山みき、という中山の姓も江戸の昔からあったとは言えないようです。姓がないと言うことは、当時の階級意識からすれば、はっきりした地位を示しております。家の昔の書きものなどを読み直しますと、苗字帯刀を許されて……、と書かれてありますが、私は疑問に思っております。それでは、中山という姓をいつ頃まで逆のぼって考えることが出来るかと申しますと、多分庶民に苗字をつけることが許された明治六年か、或いは書きものによりますと、慶応二、三年まで行けるかも知れません。こうした歴史というものは生まれた以前のものですから、私などは一応その言う通りになります。慶応二、三年頃に、私のじいいが吉田神祇《じんぎ》官《かん》という人に願書を出しているのですが、恐れながらこういうことを願い上げます、というその文の中に、願人として百姓善衛門《ぜんえもん》という名がみえます。それが許文になってきた時には、今度は中山秀司《しゅうじ》という名に変わっておったと思います。神主《かんぬし》の駆出《かけだ》しみたいな役目の許可を得た時で、中山という名を使っていたかどうか、はっきりとは覚えていないのですが、芸名みたいなものとして、秀司という名があったことは記憶しております。おそらく、その頃に中山という姓が始まったものと思われます。

面白いのは、明治になってから、この地方で、介《すけ》、衛門《えもん》廃止という法令が出たことです。この法令は地方的なもののようで、同じ大和地方でも今もってそういう名が残っている所があります。この介、衛門廃止というのは、今から考えますと一種の維新運動だったようで、この法令を出したのが当時の鎮台なのか、県令なのか、旧藩主なのか分かりませんが、断髪などしていた、此頃の言葉でいえば、当時の新人のやったことのように思われます。それで、親父の名は真之亮《しんのすけ》といっていたのが新治郎に変わっているし、じじいの善衛門が秀司に変わっております。母は私に、中山の家は善衛門と善兵衛《ぜんべえ》を交互につけてきたのだから、お前は善衛門に当たるのだと言っておりましたが、あの役者の襲名みたいなもので、さしずめ私の子供は善兵衛というところでしょうか。

このような昔の古い話は、母からよく聞いたものでしたが、例えば中山の家は、中山と呼ぶようになる前は、綿屋という名で通っていたとのことです。何処が京屋で、何処が油屋だという風に、ここの村の衆などはよく知っておりますが、あの屋号のことです。当時商っていたのが綿であったから綿屋と言ったのか、いつか商っていてそれが自然家の名になってしまったのか、私には分かりませんが、綿屋善兵衛と呼ばれていた時代があったことは確かです。

いずれにしても、私の家の何代かは小作人ではなかったようです。代々庄屋を勤めていたようですし、じじいも庄屋を勤めておりました。

例えば次のような、この地方で唄われたという面白い文句がありますので紹介しておきましょう。

三島小在所西からみれば
足《あ》達《だち》金もち　善兵衛さん地もち
角の綛《かせ》屋《や》は妾《てかけ》もち

しかし、苗字帯刀が許されていた程の角ばった家柄であったかどうかは分かりませんが、親父などはそう書いておりますのでその通り継承しておりますが、私は余り尊重しておりません。家柄などというものは、代々その土地に住んでおったということが大切なのであって、その意味からすれば、綿屋という屋号の方が余程重みがありそうです。

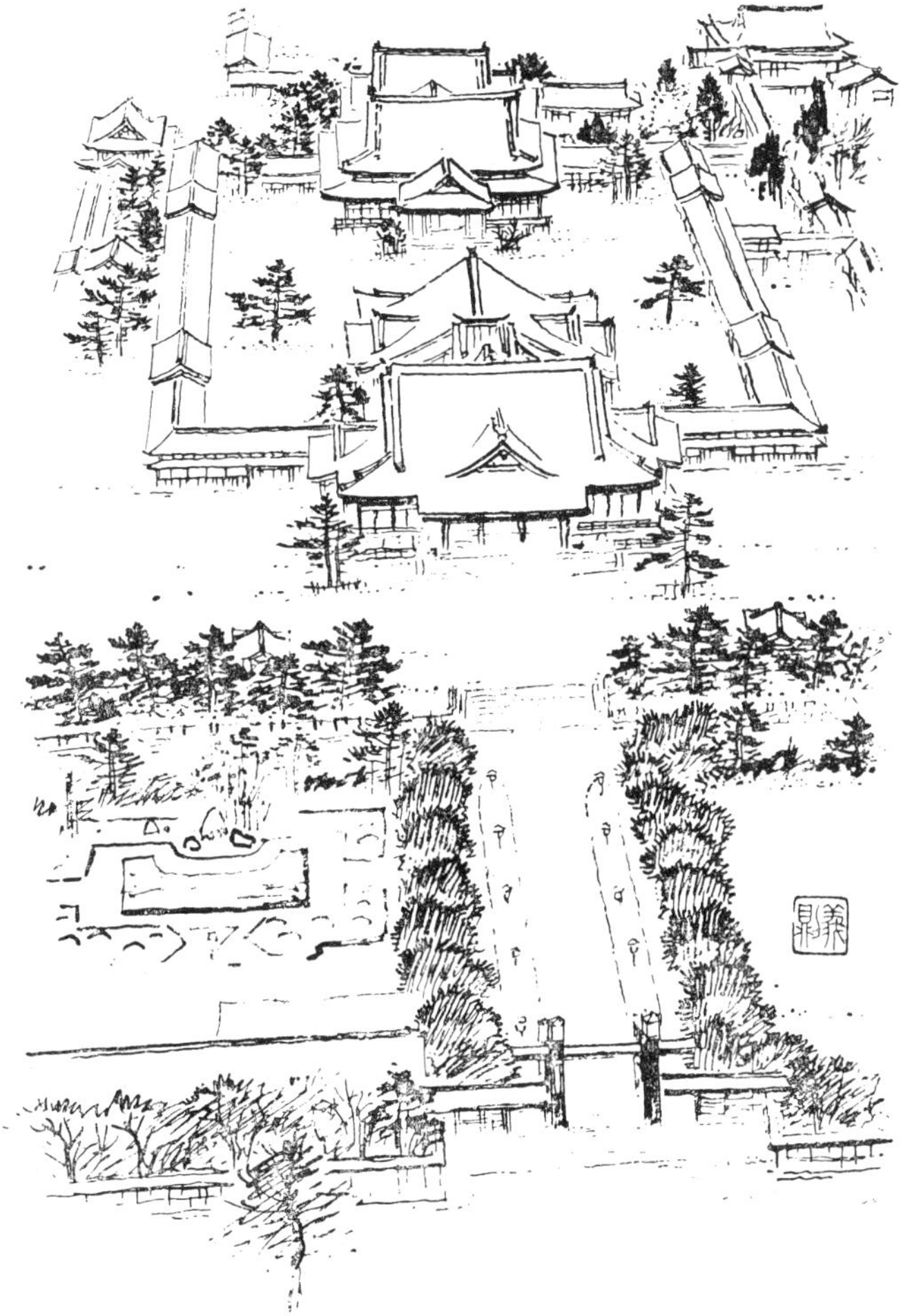

おやしき鳥瞰

最後にこうした事柄で私に関係した話を一つ付け加えておきましょう。家柄であるとか、中山の家の理を継いだ将来の真柱であるとか言っても、幼年、少年時代を通じて、私は他人が想像する程の、拘束を受けた不自由な生活を強いられた覚えはないのですが、ただ一つ母が許さなかったことがあります。それは、戸籍を寄留することをどんな場合でも許さなかったという一事です。それがどれ程の深い理由に根ざすのか、私には分かりませんでしたが、恐らく、村の生え抜きの村人であるということを重要視したのであろうと思われます。他国者《よそもの》という言葉は、昔も今も、地方では何程かの偏見を持ってみられていたのでしょうか。それに父親が入り婿《むこ》であって、村づき合いで肩身のせまい思いがしたというような事実も、母の骨身にしみ込んでいたのでしょう。そのようなわけで、大阪の高等学校へ行っていた時も、私は寄留せずでしたから、終始一貫この大和に居たことになっております。その間、番地の整理で、昔庄屋敷村五番屋敷、変わって三島村五番屋敷といったのが、大字《おおあざ》三島の二七一番地という風に台帳が変わったから、住所は変わったことになっておりますが、少なくとも他へ寄留したことはありません。死ぬ迄本籍と現住所が同じのままであるかどうか分かりませんが、恐らく父親の遺志を全うすることだろうと思っております。

親父のえらさ

父がなくなったのは大正三年、私が十才の時であります。四、五才迄の未だ何も分からなかった時期をのぞきますと、私が実際に父と共に暮らしたのは四、五年間のことで、父の面影もおぼろげですし、父に抱かれたことも、ただそのようなことがあったと言うだけで、その時の感覚や場所的な背景は忘却の淵《ふち》に沈んでしまって、それらを思い出そうとする度に、いつも歯がゆさと淋しさを同時に感ずるのです。しかし、求道者としての父の血の滲《にじ》むような生涯の歴史や、初代真柱としてではない、家庭での赤裸々《せきらら》な姿や、人間的な逸話については、母から幾度も幾度も聞かされておりましたから、父の全貌《ぜんぼう》をとらえ、父を理解しようとする時の材料には不足しませんでした。生きていた時分の父の記憶が殆んどないと言いながら、事実、父と一緒に暮らしたのは私が自意識もはっきりしない頃ですのに、おりにふれた父の言葉は不思議に覚えているのです。父は得な男だと思い、私のことなど、私の子供達はそれ程覚えていてくれるだろうかと思うと心細い気がします。

家筋から申しますと、父親は中山家の養子であり、母が教祖の嫡孫《ちゃくそん》であります。養子の立場でありながら、いかに教祖のうしろ立てがあったとは言え、父の中山家での物事の処理の仕方は、実にあざやかではっきりしたものでした。

例えば親父は、教祖以前の先祖は遠先祖《とおつみおや》と考えて、十把一絡《じっぱひとから》げにしておりました。中山家の先祖は教祖から始まるという信念であります。したがって、過去帳は焼く、記録類は捨てるといったような、一種の家族改革をやったものです。子供の頃に、教祖のなきがらを焼くような、そんな不人情なことが出来るかと、信者達と大衝突した父親にしては、随分思いきったことをしたものです。私には詮索欲がありますから、良し悪しは別として、父を分かってきたら厭でもあこがれを持ちます。養子の分際でありながら思いきった改革などやったものですから、教会の方からは教義の面からもいろいろ批評めいた言葉が出たようでしたが、理を継いだものが理によってものを言えば良いのであって、振り返ってみれば、親父にはえらいところがあったと思っております。したがって、そのような意味から申しますと、俺も村人じゃと言って村人の中へ入って、ことさら村人の権利を主張するような僕の考え方は、或いは間違っているのかもしれません。

何かの問題につき当たって身動きの出来ないように感じる時、私はすぐ父を思い出します。あくまで母の伝えてくれた父の面影に過ぎないのですが、自ら前槌《まえづち》を叩いている求道の姿が浮かんでくるのです。

葬式の話

教祖の身を隠されたのは明治二十年のことですが、この葬式の時の話をしたいと思います。ちょっと面白い話ですし、親父や教祖の面影も窺《うかが》えて、その宗教的な或いは人間的な一面が紹介出来ると思うからです。

さて、教祖がなくなられた時、そのなきがらをどう処理するかということが問題になりました。従来の中山家の墓地は善福寺に、(今の天理大学の近くに当たりますが)あったのですが、そこに埋葬するのに何の抵抗もなかったかと言いますと、それがそうでなかったのです。そこで一番困ったのは信者の連中でした。ここを絶対に離れないというのが教祖のいつもの信念でしたから、何としてもこの屋敷から教祖の体を持ち出したくない。といってもこの屋敷に埋めるのは墓地でもないから許されない。黙って埋めれば出来ないことはないのですが、そういうわけにも行かないのは当たり前です。それで皆の考え出したのは、教祖のなきがらを火葬にふして、従来の善福寺に埋葬し、骨だけを屋敷内に持って帰るという方法でした。もし、そのまま教祖のなきがらを善福寺に埋葬するようなことをすれば、三島村に対する繁栄は勾田《まがた》村へ移ってしまうだろう。参拝者はここへ来ずして向こうへ行ってしまうであろうと、これは信者でなく村人達の抗議でした。やはり、火葬にして、せめて骨だけは屋敷に安置しろという注文なのです。

　こうした信者や村人達の考えには確かにもっともなところがあったのですが、その時腹を立てたのが当時まだ青年であった父親でした。

「人の親だと思って勝手なことを言ってやがる。取り込み中で落ち着かない気持ちでいる最中に、親になくなられて悲しんでいるというのに、都合の良いことばかり並べて、……。自分の親を火葬にするというようなそんな不人情な仏教臭いことが出来るか」

と言って怒った。

　しかしそう言っていた父親も実際には弱りました。それで本席を通じておさしづを仰いだのです。その時教祖のはっきりおっしゃったのが、体というものに対する借り物だとい

善　福　寺

う考え方でした。魂を失ったなきがらは、ただの物であり、そんなものは焼こうと、煮ろうと、川へ流そうと、お前達で勝手に処分したらよい、というおさしづだったのです。

以上のような紆余曲折《うよきょくせつ》があった後、結局善福寺にある元の中山家の墓地に埋葬することになりました。そしてその後、あらためて掘り出し、豊田山に墓地の許可を得て、そこに改葬し直しました。しかし信者の人々は墓地には行かずに、ここへ参拝しに来るようです。今こそ教会所有の官許の墓地があるのですが、当時はそれもなく、それが特に教祖のなきがらであるだけに、いろいろと問題になったのでしょう。

それにしても、おさしづの考え方には、不徹底を許さない厳しさがあると思います。理の上から言えば、たしかに魂のぬけてしまったなきがらは借物であって、そんなものは礼拝の対象にはならないと言えますが、私共はやはり盆、正月には元の墓地にも参拝しております。情の上から言えば、美しい着物は汚れ破れてしまっても、やはり心に残るのが当然で、まして父や母の着物であれば、いつまでも保存してその面影を懐かしむと言うのが人の情というものでしょう。しかしやはり脱ぎ捨ててしまった着物に情を及ぼすのは意味がないのであって、私共はまだ不徹底なのだと反省しております。

以上、教祖の葬式の時の話をいろいろ申しましたが、本当を言えば、教会に霊所を造り、納骨堂を設けて、なきがらを火葬にふして、その骨をそこに安置するのが何もかも一体になって良いのではないかと、今は考えております。それが未だ出来ていないのは残念です。

豊　田　山

玄関と〝お帰り〟

天理教教会本部には、本部玄関と言いまして一つの役柄が設けてあります。玄関と言いますと、文字通り、と言えばわけが分かりませんが、入口のことであります。その玄関と言う言葉が玄関番というような意味を持ち、やがて教会で言うところの本部玄関と言う相当重要な役柄や、その役職にある人と結びつくようになったのは、ことが玄関というような平凡な言葉であるだけに、ちょっと面白いと思っております。

本部玄関の本部は、やはり本部の玄関にあるのですが、本部と言う大世帯の炊事の事柄一切、糧食の保管出納《すいとう》全てをまかなっております。大膳職《だいぜんしき》というか、以前にあった軍隊の主計総監といった役目にでも当たるのでしょうか。

こうした役柄を本部玄関と言う言葉で呼ぶ慣わしになったのはいつ頃のことなのか分かりませんが、はっきりと公式にこの言葉を使うようになったのは前の教規の時からです。しかし考えてみますと、役目や役柄、地位の敬称とかは、建物の名に由来したものが多いようです。例えば、宮、陛下、殿下などはそうであり、そうなりますと、本部玄関などはさしずめ玄関番というような卑俗な言葉の延長ではなく、もっと崇高な理由づけをしたくなります。所謂玄関という言葉が玄宮《げんきゅう》の関門という意味で玄関としたのだと考えたりしますと、丁度良い理由づけが出来そうであり、有難い存在理由にもなりそうです。

玄関という言葉とは少し意味合いが違いますが、天理教に個有の言葉で、〝お帰り〟という呼びかけの言葉があります。これも普通一般に〝お帰りなさい〟という言葉がありますので、それと混同される恐れがあります。天理教で〝お帰り〟というのは、我々人間が、最初にここで宿し込まれ、生まれ出した自分達のふる里、即ち地場へ参拝する時に、お互いが使う言葉であります。新年の御節会《おせちえ》の時など、信者でない人がよそから来ると、行き交う人々の挨拶が皆〝お帰り〟〝お帰り〟なので驚かれることがあります。

此頃、この〝お帰り〟という言葉が地方の各教会などで、その教会を訪ねてくる信者に対して使われたりしているのは、私達がこの言葉にこめている重大な意味を失った一種の俗化であると考えております。

言葉というものは時世により、場合によりその意味や用途は様々に変わるものです。

天理市誕生に想う

　昭和二十一年二月初め、土地の人々は丹波市町《たんばいち》を中心に六つの町村を合併させて一つの市とすることを決議しました。そして今その手続きの過程にありますが、今年の教祖御誕生旬間の頃にはこの新しい市も誕生しているのではないかと考えられます。新しく生まれる市の名称は天理市と呼ばれるようになったと聞いております。四月には誕生する筈だそうです。四月といえば陽春の候であり、草木の芽も花も天地の恵みに育まれて、長い冬から解放されて新生の門出を告げる季節であります。

　草木に限らず人間の身にも心にも成人の意気がみなぎり始める季節であり、森羅万象《しんらばんしょう》は期せずして希望に燃えるかの観を呈するのですが、新しい天理市の発足と教祖御誕生の祝

日とを重ねて迎えることになった今年は、ひとしお新生を寿《ことほ》ぎたい希望と喜びに燃えるのであります。想い返せば

ひのもとしよやしきの
つとめのばしよハよのもとや　（みかぐらうた）

とお教え下さったつとめ場所、所在の庄屋敷は明治十年に大字三島村と合併になりました。以来、丹波市町の大字として三島村の名はおぢばと慕われ、親里へ親里へと帰る人々で賑わい、丹波市町の名は広く海の内外に知られて来たのであります。それにしても、この度行政区画の名称として天理市と改まりましたことはことの外喜ばしいことであります。

天理市がいよいよ発足されました。昨日と今日と何変わらぬ街のたたずまいではありますが、今朝は一段と輝いているかのように思われるのもおかしなことであります。お目出《めで》度《と》うございます、と従来から住む者の一人として会う人毎《ごと》に申したい気持ちで一杯であります。天理教館での開庁式にもそんな気持ちで出席しました。そして今日からは市民の名で呼び合う一人となったわけであります。

ところで、天理市誕生までの名称縁起を今ここでふり返ってみました。天理市の将来に

親　里　大　路

ついて老婆心《ろうばしん》ながらお話し申したいのであります。その第一は市の名称としての天理と親神の教えの名称としての天理、とについてであります。今日では誰にも錯覚がなく、天理教の名に因《ちな》んで天理市と呼ばれるに至ったと考えるでしょう。しかし天理教の誕生と天理市の誕生との時間的開きがわずか百年余りでありますから、長い時間が経過するうちには百年位の相違はすぐ忘れ去られて、どちらが前からあった名称か混然となってしまう時があるかも知れません。よく土地の名を冠して固有名詞を造りますように、天理市に生まれた宗教だから天理教と呼ぶのだと誤解される日が来るのは可能であります。しかし今日までは、天理の名称は天理教を信奉する人のみが我がものと思い、うちと外部とは信奉者と未信者とを区別する表現であったのですが、天理市が誕生した今日以後は、うちとか我が市という言葉は、従来外部と呼ばれ、村人村方などと、うちとは対蹠的《たいしょてき》に呼ばれている人々にも使われるようになるのですから、天理は理想的な信仰上の意味だけでなく、現実的地域的な意味も持つに至ったのであります。そうなりますと、天理で代表される地域的意味が、信仰的意味を希薄にし、その色彩をぼやけさしてゆく傾向も生まれて来ます。天理市の誕生についてこの点を考えますとき、私は天理市の将来を自然のまま放置するのでなく、一層宗教都市と呼ばれるよう努心したいのであります。親神の教えの名に発した天理市が御守護を得て立派に宗教都市のモデルであり、よふきぐらしのひながたとして成人してほしいのであります。

寄せ返す紺の法被《はっぴ》の人波の
底にまちあり丹波市という
いまの代にわが日の本には
よるも戸ささぬ街のあるなり
丹波市という

この歌は前年の八月来訪された長谷川如是閑《はせがわにょぜかん》老から贈られた歌であります。私は常にこの歌を座右にかかげてながめております。ひのきしん服、法被の人波に明けくれした今日までの丹波市の姿は、独り現代の丹波市の姿にとどまらず、明日からの天理市の姿であることを希望し期待するのであります。

また一方、一市民の立場からも真柱の立場からも、私は誕生する天理市に対して次のような希望を持っているのです。信者であると否《いな》とにかかわらず、新市の息吹《いぶ》きは住む人々すべての方々にとってよろこばしい明るい生活の出来る市であってほしいのです。生活内容からも施設関係からも何れの点から申しましても、人間世界における理想的な都市、モデル都市、ひながた都市に成長してほしいのであります。勿論誕生早々からは理想的な存在ではあり得ないのであります。天丹一如《いちにょ》の言葉から考えましても、うちとか村方という区別の言葉があったことから申しましても、今日迄の歴史は少なくとも一如で終始して来たとは言えないようです。また近代的な都会生活をするには理想的な設備が完成している街とは言えません。はっきり申せば、昔ながらの農村の姿の中に一部新開地的市街相を現しかけているのが天理市の現状ではないでしょうか。新生の都市、天理市が新たに誕生した稚児《ちご》の如く日々刻々成長を続けるように、その実情を正視し対策を立てねばなりません。

　教祖七十年祭を打ち出した際、復元の実を心の成人に御守護頂きたいと談じ合ったものでした。そしてその姿を親里建設に現したいと念願したものでした。この土地に住む者も住まぬ者も道の者として、親里ぢばに理想の表現、よふきぐらしの都市を夢みたのであります。こうした夢を描いていた頃は勿論天理市の名など浮かんできませんでした。それが天理市地域に住む人々の総意でこの名が選ばれたのですから、私にはおのずとこの名が親神様から与えられたように悟られることであります。つまり、親里の建設は天理市の完成という言葉に置き換えられることになったわけです。親里天理市こそよふきぐらしのひながた都市であってほしいものです。

父を語る

私は父の四十才の時の子供であります。明治三十八年四月二十二日の日記に「今夜三時三拾分頃男子出生す」と簡単に片づけられているのが私であります。文書で見れば実に素《そっ》気《け》なく生まれているが、その時は膝をたたいて、

「出来よった」

とよろこんでくれたそうであります。

さもあろうと思います。四十と言えば決して若い年でもなく、四十九才で出直した父の一生から考えますと、むしろ晩年の子供であり、はげしい苦闘の生涯のうちにも比較的平静に向かった頃なのでありますから、常識から考えても、私の誕生はよろこばれたことで

ありましょう。

たしかに私は父の真名子《まなご》として誕生し、養育されたに違いありません。私はそれを信じて疑わないのです。しかし暦年《れきねん》で言えば、九年八カ月間父と共に暮らしたわけでありますが、実際に父の印象が明瞭に私の意識にとどまっているのは、そう長くもありません。最初の四、五年は乳呑児《ちのみご》なのですから、その間の父に関する記憶は失ってしまっております。父は私と十年近く生活を共にされたわけですが、私の方はその半分位しか父と共に暮らさなかったと言えるわけです。

大正三年十二月三十一日の午下《ひるさ》がり、私は急に父の病室に呼びよせられました。私はその場の空気のただならぬことを直感しました。そしてお水で父の口を軽く湿しました。父は何も言いませんでしたが、たしかに私を意識してくれたように感じました。かくて父の出直したのは、私の十才の大晦日《おおみそか》でありました。

私の記憶に残る父は以上のように短い期間の姿でしたが、父に可愛がられたことは、長い間のように思えてなりません。四十余年もの間、私は父と呼び、子として可愛がられて来たように思います。しかし、よく考えてみると、僅か数年の意識しかないのですから、父との直接の交渉等は、考えれば考えるほど、語る種を消失してゆく淋しさを感じるのです。私は父に抱かれた記憶は沢山あります。しかし、父から直接に、信仰話や教会のこと等を教わった記憶はほとんどありません。また厳しく仕込まれた覚えも、特定の仕事を命ぜられたこともほとんどありません。実際父は教務繁多《はんた》に疲れて家庭にもどるのでありますから、子供に向かってまで構ってやる気持ちも起こらなかったのでありましょうし、また父の相手にして頂くほど成人していなかったのですから、歯痒《はがゆ》く思いながらも、ただジッと抱かれていたのでありましょう。

父の道の上での苦労努力や物事の考え方を私に伝えてくれましたのは、母がその第一人者であります。母は私をそだてる眼目の一つに、父の全貌を伝えることを数えていたことは明らかであります。私は母の話によって、父の大綱を感得しました。教祖の孫として、また教長として、管長としての父の外郭《がいかく》を教えられました。家庭の父も、人間としての父もすべて母を通じて教えられました。人として、母として語り難く思われるようなことまで教えてくれました。役員や親族の人びとが語る偶像的な、また憧憬の対象としての父ではなく、もっと赤裸々な姿を教えてくれました。人間として求道に努力していた父の姿を教えてくれました。私は父の手記や日記を調べるにおよんで、母があたえてくれた父の骨格に肉を加えることができました。私はそれによって、父の考え方、信仰の方向を知ることができました。何かの問題に当たって動けなくなった私の心が、同じ思いに苦しみながら処理された父のひながたによって指導されたことも一再に止《とど》まりません。

私はかりに父の生涯を三期に分けてみました。第一期は慶応二年五月七日、櫟本《いちのもと》（現天理市）で梶本惣治郎《かじもとそうじろう》二男として誕生されてから、明治二十年正月、二十二才にして父の祖母に当たる教祖を養家の戸主として見送られた時まで、言わば修養時代とでも言う時であります。この二十年間は父の一身上に、また天理教草創時代として公私共に幾多の波瀾《はらん》があり苦労はあったが、それでも日夕《にっせき》教祖の声呟《せいげん》に接して、さしづを頂き得られた時代であります。

外孫として生まれた父ではありますが、教祖の御意図によって幼時より中山家に引き寄せられ、それでも鍛冶《かじ》職たる実家の手だすけとして、前槌をたたかれたことはよく話に聞いていましたし、養父に伴われて、深夜、田の灌漑を検視されたこともよく話に出ました。戸籍によれば養父が出直された明治十四年の九月廿三日に、入家して籍を中山家に入れられ、越えて翌年九月廿二日に相続されたことになっています。

爾来《じらい》名実共に教祖の相続者として常に側近にあって苦労を共にされながら、勉強に志された「京学」を思い立たれながらも許されず、ひたすら独学で道をきわめられました。今日なお現存する墨筆《ぼくひつ》にて書かれた勉学の跡をうかがう時、その努力のなみなみならぬに頭が下がります。

第二期は二十二才、教祖を見送られてから、明治四十一年十一月、四十三才にて天理教一派独立許可されるまでの二十余年で、この期間こそ最も活躍時代と言えましょう。天理教会の組織において、内部の取締《とりしまり》において、全力を尽くして奮闘された時代であります。

この期の最初の重大問題は、教祖の埋葬問題であります。そしてこの時の決断こそ父の最初の苦心を窺いうる重大なものと思います。従来とても戸主として責任ある処理はされていたでしょうが、さりとてその背後にはお祖母様がおられてさしづされていたわけですから、幾分かは父の心の苦しみも軽かったことと思いますが、此度はそれがないし、かつ、信者の向背にも関わる重大事であります。たとえ本席を通じてのおさしづがあったにせよ、父の生涯において最も意義ある決断と察するのであります。

次いで東京に天理教会の設置認可があり（廿一年四月）本部を大和への移転から、幾多分教会の設置があり、教勢は大いに進展しましたが、発展を喜ぶ間もなく日清の役あり、日露の役あり、教会はこの国家的大節と立て合って、よく奉公の誠をささげました。と共に十数年にわたる独立運動が展開され、すべて教会の生活はこの一線に沿って律しられていたかの観があります。

また父個人の求道態度においても、もっぱら教祖のひながたを辿《たど》ることに専念し、幾多老人より教祖の御逸話、教話などを聞書《ききがき》に誌《しる》され、努めて矯激《きょうげき》にわたることを戒め、正しいひながたの姿を求められました。手記、覚書《おぼえがき》にのこるその苦心を偲び、教祖御伝を完成されながら、なお満足されずして、笈底《きゅうてい》の裡《うち》に秘めていられたことを思いますとき、私には父の性格が窺われてなりません。実際、本当に父自らの筆になる著作らしい著作は、幾多の和歌以外には、この一本より他になく、言わば、全筆魂を傾倒されたものと言えましょう。

第三期は天理教管長となられて以来の丸六年間であります。父の努力が結成されてゆったりした気持ちで、自らの信仰を味わい返されている時代であります。長い間の懸案であった一派独立は成り、また、礼拝殿等の普請《ふしん》も完成されました。勿論なすべき種々な事柄は山積していたではありましょうが、先ず先ずと父の気持ちは満足をもって余生を悟達《ごたつ》された時であります。私が父と暮らしたのはこの期の父でありました。普請完成の時、

「やれやれ、普請も完成させて頂いた。これで私のなすことは一段落ついた」

と、しみじみ母に語られたそうであります。その時母は、

「きりなし普請とお聞かせ頂いていますじゃありませんか」

と力づけたにたいしては、

「勿論そうだが、私には――」

と、後を語られなかったとのことであります。父は、普請の完成を見とどけられました。そうして自分のなすことの終わったことを感受していられ、とうとう落成の奉告祭も待たずに出直されました。

「私には感ぜられなかったが、お父様はあの時すでに、出直し時期を予感していられたのやナ」

と、母はしみじみ述懐《じゅっかい》して聞かせてくれたことを今なおはっきりと覚えています。

あほうになれ

復元教典でも陽気ぐらしを強調しました。陽気ぐらしこそ、人間生活の理想であり、道の子のあこがれであると申しました。

私はうれしくても、淋しくても、必ず口に陽気ぐらしを唱えることにしています。するとそのうちに心に和《やわ》らぎを覚え、我がこととともなく心がいさんでまいります。そして年と共にそのよろこびがだんだん強くなるようになってきました。陽気をすなおに皆さんにおすすめしたのが復元の教典となったのです。

「お道はかゝなの教《おしえ》」と昔から言われています。私たち子供の頃から聞いています。そして

「かなの教」は仮名《かな》文字で書かれた教えと解釈されていたのです。私もそれを信じていました。が、だんだん私はそれだけの意味では満足出来なくなりました。形の仮名書きというだけでは得心できなくなりました。形だけの意味ではなく、心《しん》の心までかなであることが、かんじんであるような気がしてきました。すると子供らしさのよろこびに、無上の明るさといのちがあるように思えてきました。

子供の頃、母や父から、

「教祖はあほうになれとおっしゃった」

と聞きました。それでいて、

「しっかり勉強しろよ」

と励まされました。

「あほう」と「勉強」

今まで、いな、親たちの生存中には、これは矛盾であり詭弁であるとしか受けとれなかったのであります。

「あほうになれ」

「勉強しろ」

私は幾年も幾年も考えました。他人はおろか妻にも口外しませんでしたが、考えつづけました。が、理解できませんでした。が、この頃、私はおあたえいただいた子供たちの成人してくるにつれて、うすうす悟れるような気がしてきました。


「親馬鹿」

と言うことばも御存知の方があるかと思います。

「子を持って知る親心」

ということもお聞きでしょう。

教祖のおっしゃったという
「あほうになれ」

という思召と、一脈相通ずるところがあるのではないでしょうか。

「あほう」とか「馬鹿」とか言う言葉は、決して上品な言葉ではありません。また文字通りに考えますと、決してこころよいものでもありません。しかしそこには、言うに言えぬ和やかさが漂っているのではないでしょうか。理智的には割り出せない何ものかがあるのではないでしょうか。生まれたままの慾《よく》をはなれたすなおさ――三才児のような和やかさ――それもまた見方によれば「馬鹿」な姿であり「あほう」な姿ではないでしょうか。

戦争中の一日でありました。

ある高級将校が若い中学生にたいして戦争体験の話をしていました。その頃は一にも二にも総力戦で、闘魂を養うのが目的であったからでしょうが、彼は壇上に大見得《おおみえ》を切って、「右の頬《ほお》を打たれたら左の頬を出せと教えた人を、お前たちは憬《あこが》れているかも知れない。しかしそれはもっての外である。その思想こそ、外国の諜略《ちょうりゃく》と考えてもよい。お前たちは、もし右の頬を打たれたならば、左の頬を出すのではなく、相手の左右の頬を打ち返す魂を養わなければならない」

と力み返っていました。

計らずも、その場にいた私は何とも言えぬ感にうたれました。これが戦争指導の精神と聞いて、何とも言えぬ淋しい感にうたれました。いならぶ諸君には何とひびいたか存じませんが、いかにもあさはかな悪がしこい宣伝と思えてならなかったのです。これが真実に人の心にふれる言葉とは考えられなかったのです。こんな考えでないと勝てないと言われますならば、勝つことは良いことであるかいなかさえ考え直してみたいような気がしたのであります。

「あほうは神の望み」

とお聞かせいただいた感じとは、この話はおよそかけ離れたものでありましょう。力みかえることはできても、心の底から陽気になれることはむつかしいことであります。私は親神の望まれる「あほうになれ」とは、すなおに心の底から陽気になれる人、他人も身内も何のへだてなく、心からうちとけ合える人になれと言うことと信ずるのです。世上からは「あほう」とわらわれながらも、正直、すなおに陽気に暮らせるような人になれと言うことと思います。子供の前に立つ親のように、親馬鹿と言われながら、ニコニコしていられるように、理窟抜きに、親神の思召のままにニコニコ暮らせる人――それが親神の望まれるあほうな人ではないでしょうか。

信ずるということ

信仰というものは人間に或る透徹《とうてつ》した単純さを要求します。懐疑派が常に心理の複雑さを誇らしげに標榜《ひょうぼう》する者であるように、宗教人は常に素朴な一個の心情を持ち続けるものです。如何なる宗教にしても、その教理となりますとかなり込み入っておりますし、神とか奇跡とかの宗教用語の定義はやっかいなものでありますが、信仰する者の殆んどは、即ち聖職者でない宗教的庶民は教理上の難解な問題などいちいち詮索しないのが普通でしょう。その必要がないのです。知るということ、あまりに多くを知るということは、結局人間を生きにくくさせるものです。

キリスト教が「ヒューマニズム」という宗教的理念を持っておりますように、天理教は

「陽気ぐらし」という唯一つの宗教的理念を持っている。ただそれだけで信仰する者には事足りる筈なのです。況《いわ》んや、しかじかの教理の条項はしかじかの日常の行動と照応し、それを志向するといったような戒律のコーランが宗教の教理である筈がない。信仰の生活に入るということは、生きる上での虎の巻、人生のジョーカーを手に入れることでも、一切を氷解し快楽を約束する阿片《あへん》を飲み込むことでもないことは当たり前な話です。問題を解決する糸口をみつけることではあっても、それが解決されたということでは決してない。妙な言い方をすれば、問題が一つふえた位のものです。信仰するということは新しく生き始めるというより他の何物も意味しない筈です。ですから天理教の場合、信仰生活とは「陽気ぐらし」という単純素朴な生活態度を徹底さすことなのです。「陽気ぐらし」という私達の宗教理念にしても、式目を規定した法律を持つわけではありませんから、結局は信仰する者一人一人が心がけの問題としてその理想の姿を考えなければなりませんし、自らの信仰生活を打ち建てねばならない筈です。

「陽気ぐらし」の境地に到りつく為には教祖のおさしづに従うのが当然の道でありますが、そのおさしづをどのように現実の行為に移すかは信者一人一人の信仰心によるより仕方のないことです。果たして教祖のおぼしめしの内容に違わない行為を信者の全てに期待出来

おつとめ

るかどうかは疑問であります。それが出来ていれば「陽気ぐらし」の境地に到着したことになりましょう。実際は、経験内容も環境も異なった個別的存在である信者一人一人の信仰生活は、厳密に言って十人十色《じゅうにんといろ》と言えます。例えばキリスト教が理念とするヒューマニズムでありますが、二十世紀の現代にあっては何をなすことがヒューマニズムに適《かな》うのかは単純なようで難しい問題であります。結局永劫《えいごう》に正しいのはそのヒューマニズムという理念そのものだけだと言わざるを得なくなります。敬虔《けいけん》なカトリック教徒として知られているダレス氏が東西間の冷戦で徹底した強力外交を強引に推進した一方では、同じキリスト教徒でも原爆実験禁止運動に生命《いのち》をかける人がいます。こうしたことは、現代の政治問題に対して宗教が政治的な発言など出来ないのだという証左であるより、むしろ宗教の理念はヒューマニズムとか「陽気ぐらし」というような大前提を示すだけに止まるからであるという方がおそらく正当な言い方です。

日本でも原爆実験禁止の平和行進で、天理教の信者が先陣を受け給わっていたことがありましたが、「陽気ぐらし」への道をそういった方向ににをいがけする人も当然あるわけです。六年前のことでしたが、私も原爆禁止の署名運動の時、署名を要求されたことがあります。しかしその時私はその署名をことわりました。結局こうした平和の問題にしても、私の宗教家としての立場から申しますと、人間一人一人の心の中を問題にすべき筈のものであるからです。東西間でこうした政治問題についての条約を締結《ていけつ》するのも結構でしょうが、コピーを焼いてしまえば何の効果もないというのであれば、政治上のかけ引きに過ぎません。それが現実政治の歴史であるとは断言出来ませんが、私達は過去においてこうした現実政治のカラクリに辛酸《しんさん》をなめさせられたことが幾度かある筈です。宗教はこうした政治を救うことに最後の使命をかけているのではないのです。それよりも、原爆、水爆が出来ても、それを装備し使用する人の心が平和を願う気持ちになればよいのであって、宗教は究極のところこうした個人個人の心だけを、その心の安定を問題にするのです。現代の複雑怪奇な政治的混乱のただ中にあっては、人間の心の浄化などでどうして解決など出来るだろうか、というような性急さには何か人間不信に根ざす恐怖心を私共は認めるのです。従来の秩序を科学の発達は常にこわし混乱させて来ました。十八世紀、十九世紀の火薬や電気の発明の時にも、多分世界は大騒ぎを演じたことでしょう。しかし歴史は結局その運命を忠実に成就《じょうじゅ》した筈です。恐れる必要はないのです。

究極において、宗教は個人個人の心を、その安心立命を問題にするものです。個人が常に世界と対立するものであるかどうかは別として、宗教は個人の幸福を追求するものであります。そして個人の幸福が、広く社会、世界に拡がるのだという信念がアナクロニズムであるとは、真摯《しんし》に生きようとする人であれば言えない筈です。

× ×

科学が高度に進歩すれば宗教はすたるであろう。これはひょっとすると面白い命題かも知れません。何時でしたか、私に会いに来た或る放送記者が、以上のように断言した後で、さてそうなった時、明日の君の宗教的使命は一体何であるのかと問いつめて来ました。私は答えました。宗教における形式や内容は変わるかもしれない。私共が着ているこのハッピも脱ぐ時が来るであろう。この巨大な教会建築が朽ち倒れても、その時はもう、再建する意味を失っているかも知れません。しかし宗教そのものは、信仰というものは、すたることがないであろう、と。

人間の幸福が問題になる限り、科学が人間の安心立命を完全に保証する時が来ない限り、即ち世界の終わる時が来ない限り、宗教が不必要になることはおそらくないでしょう。物質的満足が決して人間の幸福につながらないということは今さら言う必要もないことです。政治的にも経済的にも世界でもっとも完成された社会体制を築いていると言われるスカンジナビア諸国に自殺が最も多いということはなかなか暗示的です。むしろ、私はその放送記者に言い返しました。宗教は科学の高度の進歩に寄与することであろう、と。

宗教心、信仰心は、所詮方向づけられた一つの精神的確信、ア・プリオリの信念でありま す。コロンブスを新大陸めがけて漕《こ》ぎ出させたものが当時の科学的推論であるとしても、彼を決断させ、実際に漕ぎ出させたものは、彼自身の宗教心にも似た一つの信念であったに違いありません。必ずロケットは月に到達するのだという信念なくして、どうして成功しましょうか。信ずることのない人は何事もなし得ない人です。懐疑派が世界の中枢に迫ったことは歴史にありませんでした。信ずるということ、方向づけられた信念をもつということ、それが科学的精神に裏づけられる必要があるとしても、そうした科学的精神を超え、諸々《もろもろ》の世俗の常識を超えた信念を人間は持ち続けなければなりません。そしてそれを宗教心と呼ぶより他にどう呼ぶことが出来ましょうか。

或る宗教家

一昨年ここで世界宗教史学会がありました。世界のあらゆる宗教、宗派の信者や学者が一堂に会して、現代における宗教的諸問題、宗教のあり方を討議したのです。勿論それぞれの宗教、宗派の間には相当激烈な応酬《おうしゅう》がありました。

私は天理教徒として、天理教の教理やあり方に向けられた質問や批判に対して、いろいろと答えたのですが、カトリック方面の人々は、自分らの宗教の誕生の古さを歴史的な重みとし、老舗《しにせ》の権威とみなしているのか、他の宗教、宗派に対しては随分と傲慢激烈な、何か異端視するような態度を取っていたようです。答えようもない的はずれの批判もしばしば受けたものですが、面白かったことをここで思い出してみたいと思います。

例えば奇跡の問題があります。彼等《かれら》カトリック派の人々は、自分達の宗教で吹聴《ふいちょう》する奇跡は信じても、私共の奇跡は現実的でないとか、単なる偶然的結果だとか難癖《なんくせ》をつけて、頭から認めようとしないということがあります。自分達の宗教は二千年の歴史があり、この歴史がその奇跡の真実性を保証し、裏付けて来たのだというのが、彼等の言い分であり論理のようです。そして彼等にとって他の宗教は全て度し難い異端、最後の審判の時には必ず地獄へ落ちる不逞《ふてい》のやからなのです。最後の審判などがあるのかないのか分かりませんし、かりにあっても当分は来ないでしょうから一向構わないのですが、天理教の信者であれば誰でも信じている教祖のをびやためしの奇跡を、あれはうそであるとか偶然の結果であるとか言って怒り出すに到っては、当方も考えねばなりません。降りかかる灰は払わねばなりません。何しろ自分達の宗教を世界の唯一の正当な宗教であると思い込んでいる彼等の信念の強さといったら、信仰の自由を謳《うた》っている二十世紀の先進諸国の憲法でさえも、神を恐れぬ現代人の傲慢さの所産であるとしかみない位のものです。私も彼等の一人よがりな論理に腹が立ちましたから、それでは君達の方で言っている奇跡、あのマリヤの処女懐胎《かいたい》、あのキリストの復活はどうなるんだ、女一人で子供が生めるか、一度処刑にされたものが息を吹き返すか、と反問しました。何とかの神が海の上を歩いて渡ったとか、右の眼を割ったら何とかの神が生まれたなんて言うのはおかしな話ではないかと。

考えるまでもなく、宗教で言う奇跡は、所詮信ずるか信じないかの問題なのです。彼等がマリヤの処女懐胎を信じているように、私共は教祖の行われた奇跡を信じているのです。そして奇跡はこざかしい世俗の論理を常に超えるものです。信仰の全ては結局信ずることに始まるのですから。

こうした奇跡と論理を結びつけた面白い話があります。同じ宗教学会のあるシンポジウムの時のことです。ある神父が変なことを言い出したのです。又しても御都合論理です。

「君達の宗教では、人間は九億九万九千九百九十九つのドジョウから生まれたことになっているが、それはおかしいではないか。現在では世界の人口は二十億を超過しているのだから、君達のこの教理は数においても現実と合わないではないか」

目には目を、ではなく目には目で、というわけで、私は言ってやりました。

「一向それで構わないではないか。子供には両親がいるのだから、その両親を九億九万九千九百九十九の数の中からA、Bという風に組み合わせて考えれば、いくらでも増えていくのだ。初歩数学の問題であって、世界の人口が何億になろうとちゃんと論理的に説明出来るではないか」

宗教学会の主題がまさかこんなことにあったのではありませんが、こと程左様に彼等は他の宗教を見事にはっきり否定しておりました。

後日、私宛に届いたくだんの神父の手紙に曰《いわ》く、「……いつか君が目を覚ましてクリスチャンに改宗する日の一日も早からんことを祈る者である」。私がどういう返事を出したかは忘れてしまいました。

以上のような彼等カトリック派の排他的信仰態度の証拠は先年、ハワイへ行った時にも手に入れたことがあります。

やはりそれも神父でした。

「汝《なんじ》は一体如何なる宗教を信じているか」

「天理教や」

「それはプロテスタントの一種か」

「違う」

「おう、それでは汝はまだ救われる」

同じキリスト教でもプロテスタントの信者は、カトリック教の神父からみれば、他の宗教の信徒よりもっと救われない連中で、必ず地獄へ行くことになっているそうです。彼等のカンにさわるのは、プロテスタントもやっぱり自分達と同じくキリスト信仰者であることです。しかしながら現代のプロテスタントの信者は彼等にとってまだまだ開拓し得る処女地となっております。何故なら、現代のプロテスタントは、自分達の先祖のようにカトリックに反抗してプロテスタントに改宗したのでなく、プロテスタントの家庭に偶然生まれ、まだカトリックを知らない、いわば迷える仔羊《こひつじ》であるからです。

拘　束

もし私が男だったら、とかもし私に財産があったら、とかこの世にはもしという言葉を始終使いながら気楽に暮らしている人々があります。人間にとって、夢を持つこと、夢想することに意味があるのかないのか分かりませんが、このもしは、もし明日雨でなかったらピクニックに行こう、という場合のもしとは意味あいが違っております。明日という日はありますし、必ず来るものですが、もし私が男であったのだったら、のもしは性転換という実現不可能の仮定であって、そこには女として生まれたその人の不平不満と恨みがあるばかりです（もっとも最近は性転換が出来るそうですが……）。

このように今日の自分の境遇の不幸の変革を、明日に少なくとも現実の中でなそうとするのでなく、何もせずに運命をのみ恨み、過去をのみ後悔する、そして幻想の中でのみ変革しようとするのを文法的に仮定法と申しております。条件が現実的結果と結びつかないのです。

何故私がこのような文法学者と人生論者の折衷論《せっちゅうろん》のようなことを言い出したかと申しますと、私自身がしばしばこうした仮定法的質問を受け、その度に一種のとまどいを感ずるからです。彼等、私よりも一世代も二世代も後に生まれた人々、私を知らない、私も知らない、私を興味と特殊な関心でもってしか見ない若い人々、彼等は言いました。

「もしあなたが天理教の真柱でなんかなかったら……、もしあなたが中山家の後継者としてでなく、平凡なそこいらの百姓の子供として生まれていたとしたら……」

想像は数知れなく、それが枝葉する現実はただ一つ、現在私が天理教の真柱であるということです。始めに申しておきますが、彼等はこうした仮定法的質問を私にあびせかける前に、すでに私について一つの固定観念を持ち、私は私でなく私はその観念であると勝手に決めているということがあります。私に人間らしい所はなく、私は教理の条綱で巻き上げられ、張り子に造りあげられた空洞の人形であると宣告しているのです。あらかじめ私は人間性を剝奪《はくだつ》された、性別もはっきりしない不幸な奴隷として彼等の前にあります。宗教というものに対して、現代の若人は現実にかなった観念の構想さえ抱くことが出来なくなってしまっているのでしょうか。

「もしあなたが天理教の真柱でなんかなかったら」と彼等は同情するかのように私に言います。

「あなたは自由でしょうに。一つの生き方、戒律に拘束されずに好きなことが出来たでしょうに。何者になろうが、如何なる理想を持とうが、自由に自分の人生を生きることが出来たでしょうに。平凡な若者として愉しいスイート・ホーム（という言葉を彼等は幾分恥じらいを込めてですがはっきりと発音しました）を営むことも考えられたでしょうに……」

幸いにも、彼等は仮定的質問で終わらずに、仮定的結果まで引き出してくれたのです。私がこの世と私自身に対する不満者ででもあるかのように、失われてしまった私の青春の夢を代弁してくれたのです。

「もしあなたが天理教の真柱でなかったら、如何なる人生を持っただろう」などと問われると私は明らかにとまどい狼狽《ろうばい》しただろうからです。私が生きたのは一つの人生、一つの現実ですし、その現実は有り得たかも知れない他の現実を想像するというようなことは許さなかったのですから。二兎《にと》を追う狩人に二通りの道があっても、私と私の世界には道は一つしかない。そして私の義務はこの道を更《さら》に広く更に強く将来へのばすことです。

しかし私は、私をいたわる彼等の問に真正面から次のように答えることが出来た筈なのです。私は子供の時からレジスタンスが必要な程、不自由な拘束された規則にしばられた生活を強いられたことはなかったと。少なくとも親達や周囲のものからカラにしばられたというようなオブライジされた気持ちは持たなかったと。そして又、従来の秩序は私の親達にとって破るべき壁であったとしても、守るべきそれではなかったのだと。教祖の時代から、財産は売り払ってもそれを死守することはなく、解放されるべき何ものも始めからなかったのであると。したがって私は自由であったのだと。

以上のように答えることが出来た筈なのです。しかし私は彼等に言ってやりました。私にとって、彼等にとって、意味があるのは現在である筈で、自由な私の過去ではないからです。

「そうです、私は自由ではありません。私は拘束されております。ただ拘束するのは私自身なのです。私が拘束するのです」

彼等が現実において、自らの自由と人生を選んでいるのだとしたら、私のこの腹立ちまぎれの言葉の意味を理解した筈です。

また或る人は私に尋ねました。

「あなたは拘束されているのですか。あなたは教理に従って生きているのですか」

私は答えました。

「そうです、私は拘束されております。教理に従って生きているのです。独創的な一つのタイプを造るのではありません。しかし教理というものは教祖のおさしづから出たものです。そしておさしづの解釈は生きている者のすべきことでしょうし、その解釈の変更は有り得る筈です」

私は始終上機嫌の積りでしたが、彼は私の言葉に一種のペシミスムを感じ取ったのでしょうか、天理教の真髄が一体どういうものであるのか、如何なる道徳律であるのか、と言い出しました。彼のやや性急な要求をこっけいにも思いましたが、私はそれは唯一つ「陽気ぐらし」であると述べ、天理教の大略を話しました。

おしゃべり

今日は私達の信仰している天理教のお話をしたいと思います。余り難しい教理めいた話になると面白くもないでしょうから、思いつくままにおしゃべりして行く積りです。現代人は人生論を始めるのに、形而上学的《けいじじょうがくてき》に話し出しますときっと厭がります。現代には余裕というものがない為でしょうか。しかし今日は一つ、世俗の繁雑さを離れた気持ちになってお聞き願いたいというのが私の唯一つの希望であります。

さて、天理教では、「出直し」という観念が昔から強かったようです。少し意味内容が違うかと存じますが、俗っぽく言えば、「生まれ変わる」という程の意味です。この「出直し」の観念は、天理教が始まって以来の考え方としてありました。例えば、それまで元気であったのに急に老いぼれてしまった老人に対して、この人は体こそまだ生きているが、魂はもう孫の誰それに出直しているのだ、だから体はしかばねと同じようなものである、というような言葉が教祖のお言葉として残っているのです。この私共の「出直し」という観念は、「体が借物である」という観念と分かちがたく結びついております。俗っぽく説明しますと、例えば、着物は古くなり破けますと脱ぎ捨てて、新しい着物と取り替えますが、それと同じように体も汚れ、ホコリでまみれると新しい体にならなければならぬ、というものです。この着物のたとえは教祖が出直された時の御自身のおさしづの中にあったものですが、この「体は借物」というはっきりしたおさしづのお蔭で、教祖のお葬式の時に私共が人間的な弱さを発揮したことは前に書いた通りです。今は埋葬するお墓とは別に、祖霊殿を造ってありますから問題は起こりませんし、また教理上でも明確にさせております。親父のお墓でありますから、人間的感情に流され習慣の惰性でお参りには行きますが、教理として外部に明示する場合は「借物である体」のねむるお墓には何の意味もないと規定しております。意味があり、参礼の対象となるのは魂の住家である祖霊殿であります。一昨年の国際宗教史学会の時、或るシンポジウムで、君達の宗教では「出直し」ということを言うが、魂が出直すまでの間はどうなるのかと質問を受けましたが、その時は、魂が出直すまで一時居る所として祖霊殿があるのだと答えることが出来ました。

このように「出直し」の観念は、結局霊魂不滅というような観念まで到達する筈です。事実、体というものが借物である以上、借主がある筈で、その借主を私達は魂と呼んでおります。魂が永遠に繰り返すわけです。ただこの魂が出直すことを霊魂不滅というような仏教的な、或いはイモウタリティ（IMMORTALITY）というようなキリスト教的な言葉で説明しますと、皆同じような意味にとられますし、常識的な意味と解される危険性もあります。先日もある外人に、ここの大学では教授はどうして教理を説明するのに外の言葉で置き換えて講義するのかと問われたことがありますが、実際痛い所をつかれたものです。常識的用語で伝えようとするのはいいのですが、それでもって言い表そうとしているのはこちらの教理内容なのですから、第三者が聞いていると妙なことになっている場合がしばしばあるのです。ですからこの霊魂不滅という意味にあたる言葉としては私達の教理では「魂の生きどおし」という言葉があります。

所で「魂の生きどおし」という言葉を説明しながら、一体「魂」とは何であるかを説明しておりませんでした。魂というものを、私達は、神というものと同じくその存在をア・プリオリに信じているのです。魂などというものが存在するものか、人間を切り刻んでみてもそんなものはないではないか、人間は肉体が死ぬ時全て終わりなのだ、という風な素朴な抗議をよく受けるのですが、魂というものをそのように生物学的に常識的に考えることは大して意味がない。私は魂というものは人間の一つのシン、一つのケルンであって、それに借物である体がくっついている、とごく卑俗に私達は考えております。つまり自然科学的な唯物的な考え方でなく、もっとメンタルな考え方で魂というものを私達は考えているのです。その有無や言葉だけの論議は意味がないと思うのです。この魂という言葉、この人間のケルンにかける態度、それが生活に絶対的に関与するのだという信念において私達は、ただ魂を世俗的に人だまというようなものと想像する人達とも違うのです。

信仰というものは要するに精神の問題、心の問題でありますが、その精神とか心、或いは「我」というか「自我」というか、そうした私である所のもの、あなたである所のもの、それを私達は魂と呼んでいるのです。実際のところ、私はこう考える。私はこのように感じる、という場合の私、行動思考の主体である私というものを人間の脳髄の総体、その思考や感情を脳髄組織の働きという風に理解してみても、そしてそれが科学的に正しいとしても、生活する主体である私、悩み苦しむ私というものには何の関係も意味もない筈です。それは一つの知識であるに過ぎないからです。ですから私達は人間のケルンである魂というものの存在を信じているのです。信じるより仕方がない、信じなければ何事も始まらないし先へ進まないと思うのです。こうした私共の考え方の正当さは、むしろ今日の先端的な人々、例えば理論物理学者などが証明してくれるかも知れません。理論物理学の研究分野でも、原子より小さな中性子とか中間子とかいう素粒子の研究という高度な段階になりますと、もう「無いもの」を「有るもの」として考えないと先へ進まないところまで来ているそうです。「無」を「有」と考える、或いは信ずる方が、手に握れないから無いと素朴に単純に断定するよりは解決に近いということはなかなか暗示的ではありますまいか。科学研究もある究極の段階に来ますと、信ずる信じなければならぬと言った問題にぶつかるのかも知れません。少し横道にそれましたが、神の問題でも同じです。神は存在するかという命題にしても、これは完全にメンタルな問題です。存在するということも存在しないということも証明出来ないのです。神は存在するということを信じるか信じないかの二通りしかないのです。

さて、魂というものは、人間のケルン、人間存在のシンという風に私達は考えております。そして、心を入れ替えるとか心づかいとかいう言葉を私達でよく使いますが、魂の動的な面がそれに当たると解釈してよいと思います。魂は一つのケルンであって、それに心づかいという動的要因によって色がだんだんついてきます。即ち生活におけるホコリ、人間的な汚れがこびりついてくる、それが肉体的な人間であります。「出直し」は積もり積もったこの汚れを除く為に必要になってくるのです。天理教でいう陽気ぐらしという理想郷へ近づく為には、こうした個性的なホコリ、汚れを皮をほぐすようにむいて行くことが必要であり、心の入れ替えが必要なのです。そして最後に一つのシンに到着した時、自分の心を使っていると思いながら、そうではなく自然に理想的な親神のおぼしめしの活動の通りになっている。これが陽気ぐらしの境地であります。

教祖が月日のやしろにおなりになった時の言葉に、

しかときけくちハ月日がみなかりて
心ハ月日みなかしている　（おふでさき第十二号六八）

という言葉があります。どういうことであるかを説明しますと、月日のやしろにおなりになってからの教祖の御行動、おぼしめし、口をついて出るお言葉は教祖の心づかいには違いないし、教祖の御判断の結果には違いないが、実は月日の心が語っているのであります。言いかえれば人間心が一つもないという意味です。「陽気ぐらし」というのはこのような教祖のひながたになれるように努めることなのです。何をみても、何事が起こっても生きていることがうれしくて幸福でたまらないという心境に立ち到った時、「陽気ぐらし」は成就されたのだと申せるでしょう。信仰生活とは結局それ迄の道程であると言ってよいかと存じます。しかしその道程の先には必ず「陽気ぐらし」の理想郷があるのです。到着するのは至難なことではありますが、出来る筈であると私は確信しております。出来ないのは反省と努力が足りないと考えるより仕方がありません。

「陽気ぐらし」への道は勿論一朝一夕《いっちょういっせき》に開けるものではないでしょうし、こういう形式というようなルートもある筈がありません。人間は各々その経験内容も思考形式も違っておりますし、それに何よりも信仰というものは一人一人の心がけの問題であるからです。親神様が何かの役割をやりたいと思っても、その心がけ徳がなくて、家族問題でも法的問題でもおぼしめしがなかなか来ないということがある。一人一人皆違うのです。自分で自分の人間心をいちいち薄皮をはぐように、心を入れ替えて、親神様と寸分違わない心になりきることが肝心なのです。

　少々説教めいた調子になってしまいましたが、最後に天理教では来世というものを問題にしていないことを言っておきたいと思います。来世の安息であるとか、極楽浄土、地獄焦土というような死後の世界像は描きませんし、したがってこうした死後の世界と現世との因果応報的な関係などにも言及しておりません。天理教では現世のみを問題にするのです。現世での人間の幸福を考えるのであって、教理では、来世とか死後の世界の為に現世があるのでなく、現世は現世の為にある、ということになっております。そして現世での幸福の究極の姿が「陽気ぐらし」なのです。

以上、天理教について常識的なお話をしたのですが、天理教というもの、というより宗教、信仰生活というものについての皆さんの認識を少しでも新たにすることが出来たのでしたら望外の喜びです。信仰というものは物事を信ずるという謙虚な生活態度にのみ発するものであります。信ずるということは何も信仰生活をのみ意味するのでなく、全ての人間関係における唯一つの鍵だと思うのです。

かんろだいものがたり

かんろだいとはなんであるか

　月日親神様がなむなむとお宿し込みなされた場所はと申しますに、大和国は山辺郡《やまべごおり》の庄屋敷村、中山家なる屋敷でありまして、その屋敷のうちで北枕にお宿し込み下されたとお聞かせ頂いております。さすればこそ、そのお宿し込みのときの御身体の真ん中が正にかんろだいのすわるべき地点、即ち「かんろだいのぢば」であります。言いかえますと、お宿し込みの時のその真ん中の地点を示さんがために、かんろだいを建てるのだと仰せ下されているのでありまして、「かんろだいのぢば」こそ我々信者から申しまして最初に宿し込まれた記念すべき生まれ里、親里なのであります。

教祖のお急《せ》き込みになっておられたおつとめとは如何なるものでありましたかを少しばかりお話ししておきましょう。まず場所から申しますならば、人間創造の折の聖なる地点に「かんろだい」を据《す》え、これを取りかこんでおつとめするのであります。このおつとめは元なるぢばにおいてのみ勤めて始めて意義あるものでありまして、たとえ同じ屋敷のうちらにおいてすら、他の場所ではお許しなさらないのであります。

このだいがでけたちしだいつとめする
どんな事でもかなハんでなし
（おふでさき第九号五二）

このだいもいつどふせへとゆハんでな
でけたちたならつとめするぞや
（おふでさき第九号五三）

これらのおうたからも明らかでありますように、「たすけづとめ」はこの世にて天地創造の昔にかえって、人間を生まれかえさせ、これをたすけることであります。そして創造時のぢばがこのつとめには一等に大切なのでありまして、このぢばとつとめとは切り離すことの出来ぬ理があるのであります。

親神様はこの人間創造の聖地に「かんろだい」を建てることを仰せになりました。その台の完成と、つとめを始める時機とが如何に関係深いものかは前にかかげたおふでさきのお歌によっても分かりますし、この台は少しも動かすことの出来ぬものなのであります。親神様から「月日のやしろ」たる教祖におわたしになる「じきもつ」もこの台にのせられた「ひらばち」におのせになるのでありまして、それから考えまして、「かんろだい」は天の与えたる「じきもつ」即ち寿命薬をうける台ともなるのであります。

しからば、「かんろだい」の姿はどんなものでありますか申し添えておきましょう。お話によりますと、「かんろだい」は石材をもって造られるものでありまして、その形は六角で十三個の石材よりなっているものであります。今かりに底部の石材より順番に番号をつけて説明いたしましょう。第一段目石材は、径《さしわたし》三尺厚《あつさ》八寸。第二段目石材、径二尺四寸厚八寸。第三段目より第十二段目まで十個は同形、径一尺二寸厚六寸。第十三段目石材、径二尺四寸厚六寸。各石の中央に五分の穴をほり刻み、径三寸の五分の円《まる》いホゾをさし込んで結合されるものであります。つまり六角の十三個の石材が前記のような寸法に刻まれ、その上面には中央に五分の穴をほり、下面には径三寸の円いホゾがあって下方の穴と噛《か》み合い、十三個の石材が一つの「かんろだい」をなしているのであります。そして、その「かんろだい」の上に五升入りの平鉢をのせておきますと、それに天のあたえ、「じきもつ」を下さるとお聞かせ頂いているのであります。

かんろだいのぢばはどうしてきめられたか

二十年近くも前のことでした。その頃或る人は、「丹波市駅へ足を入れるとおぢばであるから、親神の鎮まるところである」という解釈を広めました。これでは「かんろだい」の据わるぢばに神名がさずけられた意味がなくなり、理が勝手にひろめられることになります。また或る人は、「神名のあるぢばをかんろだいのぢばに極限するならば、ぢばから打ち出す天の声とは、かんろだいの上に坐《すわ》って話すことなのか」というような常識で反駁《はんばく》いたしました。このような例を耳にしました私には言葉は生きものとして見過ごし出来ぬ気持ちになりました。危険なのは教理を自己勝手に解釈しそれを教語で語り広め責任を教語に託して、人々を間違った道に導入しようとすることであります。

ぢばというのは、天理王命の鎮まり給う地点を言うのでありまして、天理市三島二百七拾一番地なるおやしき中の一地点、「かんろだい」のぢばを定められたところをいうのであります。まず自らためして足の停ったところに印を附し、ついで御家族および信者に眼かくしさせて歩かせられましたところ、各々の足の停った地点が同一個所でありました。この地点が即ち元なるぢばであり、人間を宿し込まれた地点であると宣言されたのであります。そしてぢばの標識として、「かんろだい」を据えるよう教示されたのであります。

かんろだいがぼっしゅうされたはなし

明治十五年に二段まで重ねられました「かんろだい」が官憲によって没収されましたことは誰でもよく御存知でありましょう。今日でも大和河内にはその頃の思い出を後進の道の子に語り伝えておられる人も多いことであります。明治十四年五月のことだそうでありますが、親神様のお急き込みのままにいよいよ「かんろだい」の建設にかかりました。大和河内の転輪王講社《てんりんおうこうしゃ》は、老いも若きも一様に早朝より腰に弁当を結えつけ、石出しにと集まって参りました。ここに、言葉をかえて申しますと、教内一手のふしんが始められたのであります。各自の心にそのよろこびは強かったと思われます。この台の建設によって、いよいよ自分達の陽気な世界も現れてくるのだとつねづね教えられておりましたから、石を切る音、運ぶ声を陽気に布留谷《ふる》にこだまさせて、エイサヨイサと御屋敷へ運び込んだ石材も十三個充分にとるだけあったと申します。

このように、教内の期待をあつめ神意達成にと精を出されたこの石普請も、完成に至らず「かんろだい」二段の仕上がりをもって中止の形となりました。神意をうかがうまでもなく講社中の残念落胆は如何ばかりでありましたでしょうか。期待が大きく、また多くの人の心、人の手が加えられていましただけに、その残念落胆は想像するに余りありましたでしょう。なおその上に、二段にしろ石台をつみ上げられていた「かんろだい」が巡査のために没収されてしまったのであります。明治十五年五月十二日のことで、普請にかかりましてから丸一年を経てのことであります。例により巡視にきました上村行業《うえむらゆきなり》という大阪府警部が没収していったのであります。あの重い石を如何にして運んだのでしょうか。途中の路傍《ろぼう》へ捨てていったとも伝えられております。幾歳月を経てのち、これを本部へ納めるものがあり、今日では教会史資料として庭に据えてありますが、一旦汚されました石はたとえ「かんろだい」にと造られましたにしろ、今日ではその理があろう筈がありません。ただ昔を物語るぬけがらとして真柱家の前庭に積み重ねてあります。

「かんろだい」の石材が没収されました時の理由が、「明治十四年十月中祈禱符呪《きとうふじゅ》ヲ為《な》シ人ヲ眩惑《げんわく》セシ犯罪」云々《うんぬん》とある点よりみますと、赤い衣物といい、「かんろだい」といい、いずれも祈禱符呪の用具であり、もって人を眩惑したというので問題にしたものなのでありましょう。

「かんろだい」が没収されました後は、板張りの二段によってぢばを示しておりまして、それが昭和九年十月、現代の木造ひな形「かんろだい」建立まで続いておりましたことは周知の通りであります。

あとがき

中山正善

中外書房から、わがふるさと大和のことと、それにまつわる若い頃の思い出を書くようにという要請であったが、つい思い出の方を多く語ることになり、加えて大和で創められた、また自分には最も身近である天理教のことに触れることになった。

しかし幸いこれによって、余り今まで語られていない大和のことなり、天理教のことなども知ってもらえる機会を与えられたように思う。

その他に以前にものした随筆なり、ほか二、三を採録した。これも同書房の希望によるものであることを申し添えておきたい。

昭和三十五年三月十七日

この本は昭和三十五年に中外書房から刊行されました。

大和《やまと》　わがふるさとの・・・

立教180年(2017年)11月14日　初版第1刷発行

著　者　中山正善

発行所　天理教道友社
〒632-8686　奈良県天理市三島町1番地1
電話　0743(62)5388
振替　00900-7-10367

印刷所　株式会社天理時報社
〒632-0083　奈良県天理市稲葉町80

ISBN978-4-8073-0614-5
定価はカバーに表示